Vente du Lundi 22 au Jeudi 25 Novembre 1920

HOTEL DROUOT — SALLE N° 8

COMMISSAIRE-PRISEUR : Me André COUTURIER

CATALOGUE

DE LA

BIBLIOTHÈQUE

de M. Henri MONOD

3e PARTIE

PARIS

CH. BOSSE

Successeur de A. DUREL

LIBRAIRE-EXPERT

16 et 18 Rue de l'Ancienne-Comédie, 16 et 18

1920

Vente du Lundi 22 au Jeudi 25 Novembre 1920

HOTEL DROUOT — SALLE N° 8

Commissaire-Priseur : Me André COUTURIER

CATALOGUE

DE LA

BIBLIOTHÈQUE

de M. Henri MONOD

3e PARTIE

PARIS
CH. BOSSE
Successeur de A. DUREL
LIBRAIRE-EXPERT
16 et 18 Rue de l'Ancienne-Comédie, 16 et 18

1920

CATALOGUE

DE

LIVRES ANCIENS ET MODERNES

Composant la Bibliothèque

de M. Henri MONOD

(3e Partie)

LA VENTE AURA LIEU

Du Lundi 22 au Jeudi 25 Novembre 1920

à deux heures précises de l'après-midi

HOTEL des COMMISSAIRES-PRISEURS, 9, Rue Drouot

Salle N° 8

Par le Ministère de Me André COUTURIER, Commissaire-Priseur

56, rue de la Victoire, 56

Assisté de M. CH. BOSSE,

LIBRAIRE-EXPERT, *16 et 18, rue de l'Ancienne-Comédie*

EXPOSITION

Les Livres pourront être examinés

à la Librairie Ch. BOSSE, *18, rue de l'Ancienne-Comédie*

jusqu'au 15 Novembre inclusivement

de neuf à onze heures et de deux à quatre heures.

Voir l'ordre des Vacations au verso du titre

CONDITIONS DE LA VENTE

La vente se fera au comptant.

Les acquéreurs paieront 12,50 pour 100 en sus des enchères pour les livres qui pourront être classés comme n'étant pas de luxe, et 17,50 pour 100 pour les livres dits de luxe ou pouvan être assimilés à cette catégorie.

Les livres devront être collationnés dans les vingt-quatre heures de l'adjudication. Passé ce délai, ils ne seront repris pour aucune cause.

M. Ch. BOSSE, chargé de la vente, remplira, aux conditions d'usage, les commissions des Personnes qui ne pourraient y assister.

M. Ch. BOSSE se réserve la faculté, dans l'intérêt de la vente, de réunir ou de diviser les numéros du catalogue.

CATALOGUE

DE LA

BIBLIOTHÈQUE

de M. Henri MONOD

3e PARTIE

LIVRES DU XVIIIe SIÈCLE

Œuvres de BEAUMARCHAIS, DIDEROT, MONTESQUIEU, J.-B. ROUSSEAU, J.-J. ROUSSEAU, VOLTAIRE, etc.

OUVRAGES ILLUSTRÉS

Anacréon, Saphô, Bion et Moschus, 1780. — **Arioste**. Roland furieux. 1775-1783 ; 4 vol. — **Choderlos de Laclos**. Les Liaisons dangereuses, 1792 ; 4 vol. — **Dorat**. Fables. 1773. — **Erasme**. Eloge de la Folie, 1751 ; grand papier. — **Le Vayer de Boutigny**. Tarsis et Zélie. 1774 ; 3 vol. — **Molière**. Œuvres, fig. de Moreau. 1788 ; 6 vol. — **Racine**. Œuvres, fig. de De Sève 1760 ; 3 vol. — Etc.

LIVRES MODERNES

Ouvrages illustrés. — Editions originales

PARIS

CH. BOSSE

Successeur de A. DUREL

LIBRAIRE-EXPERT

16 et 18, Rue de l'Ancienne-Comédie, 16 et 18

1920

ORDRE DES VACATIONS

Première Vacation. — **Lundi 22 Novembre**

Numéros	1239 à 1327
—	1591 à 1685

Deuxième Vacation. — **Mardi 23 Novembre**

Numéros	1328 à 1416
—	1686 à 1787

Troisième Vacation. — **Mercredi 24 Novembre**

Numéros	1417 à 1504
—	1788 à 1881

Quatrième Vacation. — **Jeudi 25 Novembre**

Numéros	1505 à 1590
—	1882 à 1979

I. Livres du XVIIIe siècle

Ouvrages illustrés. — Reliures aux Armes

1239. **Agrippa** (H. Corneille), de Nettesheim. Sur la noblesse, et excellence du sexe féminin, de sa prééminence sur l'autre sexe, et du sacrement du mariage. Avec le traitté sur l'incertitude, aussi bien que la vanité, des sciences et des arts. Traduit par de Gueudeville. *Leyde, Haak*, 1726, 3 vol. in-12, portr. et front. grav., veau fauve, dos orné, tr. rouges. (*Rel. anc.*).

La meilleure édition de ces ouvrages curieux.

1240. **Alembert** (d'). Eloges lus dans les séances publiques de l'Académie Françoise. *Paris*, 1779, in-12, cart. anc., non rog. — Histoire des membres de l'Académie Françoise morts depuis 1700 jusqu'en 1771, pour servir de suite aux Eloges... *Id.*, 1787, 3 vol. in-12, veau anc.

On y a joint : Pièces de poésie qui ont remporté le prix de l'Académie Françoise depuis 1671 jusqu'en 1762. *Paris*, 1763, in-12, veau anc. — Liste de l'Académie Françoise. *Paris*, 1748, plaq. pet. in-4, brochée. — Ens. 6 vol.

1241. **Alix**. Les quatre âges de l'homme, poème (par Alix, avocat et Mlle Dormoy, devenue plus tard Mme Mérard de Saint-Just). Nouvelle édition, considérablement augmentée. *Paris, Moutard*, (*de l'imp. de Monsieur*), 1784, in-18, pap. vélin, mar. vert, dos orné, fil. au pointillé sur les plats et à l'int., tr. dor. (*Rel. anc.*).

Titre-frontispice, figure et cul-de-lampe gravés par Marie Riollet, d'après Gois.

1242. **Almanachs de Gotha.** Gothaischer Hof Kalender... auf das Jahr 1785 (texte allemand), 1 vol. — Almanac de Gotha... pour l'année 1786 (texte français), 1 vol. — Ens. 2 vol. pet. in-18, mar. rouge, fil. sur le dos et les plats, dent. int., tr. dor.

Ces almanachs sont ornés chacun de 1 titre gravé, 1 frontispice, 4 figures de modes et 12 sujets hors texte, gravés d'après Chodowiecki. Ces 12 sujets, dans l'année 1786, reproduisent des scènes du *Mariage de Figaro*. (La reliure du 1er vol. est ancienne).

1243. **Almanach des Muses.** *Paris, de l'origine*, 1765 à 1831 inclus, 64 vol. — Pièces échappées aux XVI premiers Almanachs des Muses, 1 vol. — Ens. 65 vol. in-18, cart. bradel perc. brun clair, tr. jasp.

Collection complète, moins les années 1824, 1827 et 1828 ; chaque volume, à l'exception des 3 derniers comporte un titre gravé. (L'année 1806 porte le titre de *Nouvel Almanach des Muses* et l'adresse de Lenormant, Barba et autres libraires). — Qq. mouillures, rousseurs et petites défectuosités.

1244. **Almanach** et calendrier journalier, perpétuel et universel... par Noël Larcher. *Paris*, 1749, in-12, cart. bradel demi-perc. — Almanach des rentiers, dédié aux affamés (par Cailleau) 1800 (suivi de Recueil tiré du porte-feuille d'un rentier, par P.-S.-S., 1797, 2 ouvr. en 1 vol. in-18, front. gr., demi-rel. chag. grenat, tête dor., non rog. — Diario per l'anno 1797 (dernière année de l'indépendance vénitienne). *In Venezia, s. d.*, in-24, portr., demi-rel. veau fauve avec coins. — Almanach historique de Marseille (pour 1781). *Marseille, s. d.*, in-18, cart. bradel cuir japonais gaufré et teinté, tr. rouges. (*Pierson*). — Ens. 4 vol.

1245. **Almanachs.** Réunion de 5 vol. in-32, cuir japonais gaufré et teinté. (*Pierson*).

Dix-huitième recueil d'ariettes ou Etrennes d'Estelle. *Au Mont Parnasse, chez les neuf sœurs* (1796). — La Soirée d'Été ou Amusemens villageois. Almanach chantant. *Paris, s. d.* (1797). — La Petite Nanette, almanach chantant. *Paris, s. d.* (1798). — Les Cœurs enflammés ou l'Union amoureuse. Etrennes érotiques aux jeunes amans. *A Cythère, s. d.* (1800). — Le Caveau moderne ou le Rocher de Cancale. Etrennes mignonnes pour l'an 1817. *Paris* (1817), une figure coloriée.

1246. **Almanachs.** Le véritable almanach nouveau pour 1733, ou le nouveau calendrier jésuitique.... (attribué aux frères Quesnel). *A Trévoux, s. d.*, in-18, veau fauve, fil. dor. sur le dos et les plats et à l'int., non rog. (*Simier*). — Almanach du Diable, contenant des prédictions très curieuses et absolument infaillibles pour l'année 1738 (attribué à l'abbé Quesnel, neveu du célèbre Père Quesnel). *Aux Enfers, s. d.*, in-18, veau éc., dos orné, fil., dent. int., tr. dor. (*Rel. anc.*).

Opuscules supprimés par mesure de police et devenus rares. — Le 2e, entièrement gravé, est terminé par un feuillet replié contenant la *clef* avec les noms des personnages cités.

1247. **Amours** (Les) d'Anas-Eloujoud, et de Ouardi, conte traduit de l'arabe par M. Savary. Ouvrage posthume. *A Bagdad, se trouve à Paris, chez Onfroy*, 1789, in-18, mar. brun à long grain, dos orné, fil. dor. et dent. à froid encadrant les plats, initiales A.-L. frappées au centre, dent. int., tr. dor.

Charmante petite reliure de Thouvenin ; cachet armorié sur le faux-titre. — Ex-libris du comte de Noë.

1248. **Analyse** raisonnée de Bayle, ou abrégé méthodique de ses ouvrages, particulièrement de son *Dictionnaire historique et critique* (par l'abbé Fr.-Marie de Marsy). *A Londre* (sic), 1755, 4 vol. in-12, portr. de Bayle ajouté, mar. rouge, dos orné, fil., dent. int., tr. dor. (*Rel. anc.*)

1249. **Anacréon**. Odaria, graece, praefixo commentario ex variantt. lect. *Parmæ, in aedibus palatinis* [*Bodoni*], 1791, in-16, mar. rouge à long grain, filet doré, tr. dor. (*Rel. anc.*).

Jolie édition du texte grec ; le commentaire est imprimé en lettres cursives. — Chef-d'œuvre typographique.

1250. **Anacréon**. Odaria, graece, praefixo commentario quo poetae genus traditur et bibliotheca anacreonteia adumbratur, additis variantt. lectionibus. *Parmæ, in aedibus palatinis* [*Bodoni*], 1791, très pet. in-8 carré, veau marb., dos sans nerfs orné, dent., tr. dor. (*Rel. anc.*).

Très jolie édition du texte grec ; le commentaire est imprimé en en lettres majuscules. — Chef-d'œuvre typographique.
Bel exemplaire sur grand papier de Hollande.

1251. **Anacréon, Sapho, Bion et Moschus**. Traduction nouvelle en prose, suivie de la Veillée des Fêtes de Vénus et d'un choix de pièces de différens auteurs, par M. M*** C*** (Moutonnet de Clairfonds). *A Paphos, et se trouve à Paris, chez Bas-*

tien, 1780, in-8, veau éc., dos orné, fil. sur les plats, dent. int., tr. dor. (*Rel. anc.*).

Deuxième tirage de cet ouvrage recherché pour ses jolies illustrations, dues à Eisen, qui comprennent 1 frontispice gravé par Massard, 1 figure pour *Héro et Léandre*, gravée par Duclos, 12 vignettes et 13 culs-de-lampe gravés par Massard.

1252. **Antonin**, par G*** (Guys), de Marseille. *Paris, Veuve Duchesne*, 1787, in-18 de 36 pp., titre-front. gravé, mar. bleu, dos orné aux petits fers, fil., dent. int., tr. dor. (*Duru*).

D'après Quérard. (Superch. litt., II, 118), cet opuscule a été réimprimé à Caen par un sieur Moulon de la Chesnaye, avec une préface où il dit que cet ouvrage, inspiré par le sentiment « a coulé sans peine de sa plume ».
Ex-libris de Pixérécourt.

1253. **Aphelen** (H. von). Fransk Sprog-Ovelse for Danske. *Copenhague*, 1777, 2 part. en 1 vol. in-8, veau fauve, dos orné mosaïq., bord. dor. et à froid encadrant les plats, rosace en mosaïq. de mar. citron rouge et vert, formant milieux, dent. int., tr. dor.

Intéressant spécimen de reliure romantique mosaïquée. (Deux petites réparations du 1er plat).

1254. **Arioste**. Roland furieux, poème héroïque de l'Arioste. — Traduction nouvelle par M. d'Ussieux. *Paris, Brunet*, 1775-1783, 4 vol. gr. in-8, demi-rel. mar. rouge avec coins, dos orné, tête dor., non rog. (*Petit*).

Edition illustrée des 46 figures d'après Cipriana, Cochin, Eisen, Greuze, Monnet et Moreau, de l'édition de Baskerville, et des 46 figures d'après Cochin de l'édition Brunet, mais sans encadrement.
Exemplaire non rogné, renfermant les gravures *avant la lettre*, parmi lesquelles un certain nombre ont les noms des artistes à la pointe. (Le portrait mentionné par Cohen manque).

1255. **Armand**. Histoire des Amours et des infortunes d'Abélard et d'Héloïse, mise en vers satiri-comi-burlesques, par Mr*** [Armand]. *A Cologne, chez Pierre Marteau*, 1724, in-12, veau marb., dos orné, dent. sur les plats et à l'int., tr. dor. (*Richardot*).

Edition originale. — Bel exemplaire.

1256. **Artigny** (l'abbé d'). Nouveaux mémoires d'histoire, de critique et de littérature. *Paris, Debure*, 1749-1756, 7 vol. in-12, veau brun, dos orné, tr. rouges. (*Rel. anc. usagée*).

Edition originale de cet ouvrage renfermant nombre de passages intéressants pour l'histoire littéraire du XVIIIe siècle.

1257. **Atlas géographique**, contenant la mappemonde et les quatre parties, avec les différents Etats d'Europe, dressés sous les yeux de M. Rizzi Zannoni (par Bonne). *Paris, Lattré*, 1762, pet. in-16, mar. rouge, dos orné, fil. et dent. aux petits fers sur les plats, dent. int., tr. dor. (*Rel. anc.*).

Contient 1 jolie figure non signée, 1 titre gravé par Legrand, 1 feuillet double de texte gravé, 1 table gravée et 26 cartes formant double page. Joli exemplaire renfermant la figure ,le titre et les 26 cartes *coloriés*.

1258. **Aubigné** (Théodore-Agrippa d'). Les Avantures du baron de Foeneste. Edition nouvelle, augmentée de plusieurs remarques historiques, de l'histoire secrète de l'auteur écrite par lui-même, et de la Bibliothèque de Me Guillaume enrichie de notes par M*** (Le Duchat). *Cologne, chez les héritiers de Pierre Marteau*, 1729, 2 tom. en 1 vol. pet. in-8, front. gr., vélin blanc. (*Rel. anc.*).

Exemplaire très grand de marges (haut. : 179 mill.). — Qq. rousseurs.

1259. — Le même ouvrage, relié en 2 vol. pet. in-8, front. gr., veau porph., dos sans nerfs orné, tr. rouges. (*Rel. anc.*). — Haut. : 167 mill.

1260. **Aubigné** (Théodore-Agrippa d'). Les Avantures du baron de Foeneste. — Nouvelle édition, augmentée de l Histoire secrète de l'auteur, écrite par lui-même, et de la Bibliothèque de Maître Guillaume, enrichie de notes par Mr*** (Le Duchat). *Amsterdam*, 1731, 2 vol. pet. in-8, veau fauve, dos orné, tr. rouges. (*Rel. anc.*).

Edition ornée d'un joli frontispice par J. Rigaud.

1261. **Aubigné** (Théodore-Agrippa d'). Mémoires de la vie de Théodore-Agrippa d'Aubigné, ayeul de Mad. de Maintenon, écrits par lui-même (revus et corrigés par J. du Mont). Avec les mémoires de Frédéric de la Tour, prince de Sedan (rédigés par Aubertin, son domestique) ; une relation de la cour de France en 1700, par M. Priolo, ambassadeur de Venise, et l'Histoire de Mme de Mucy (par Guill. de Valdory). *Amsterdam, J.-Fr. Bernard*, 1731, 2 tom. en 1 vol. in-12, veau fauve, dos sans nerfs orné à la Padeloup, dent. int., tr. dor. (*Rel. anc.*).

1262. **Augustin** (saint). Dévi Aurelii Augustini... Confessionum libri XIII, ad Calcem. Additæ sunt variæ lectiones. *Paris, Pierres*, 1776, fort vol. in-18, front. gravé par Saint-Aubin d'après Monnet, veau éc., dos orné, fil., dent. int., tr. jasp. (*Rel. anc.*).

Jolie édition revue par Rondet.
Exemplaire sur papier fin.

1263. **Avocat du Diable** (L'). *A Saint-Pourçain, chez Tansin pas saint*, 1743, 3 vol. pet. in-8, front. et fig., veau gran., dos orné, fil., tr. rouges. (*Rel. anc.*).

« Mémoires historiques et critiques sur la vie et sur la légende du pape Grégoire VII, avec des mémoires de même goût sur la bule de canonization de Vincent de Paul, instituteur des Pères de la Mission et des Filles de la charité ».
Ouvrage curieux et intéressant attribué à l'abbé Adam, curé de Saint-Barthélemy, à Paris.

1264. **Barthélemy**. Voyage du jeune Anacharsis en Grèce, dans le milieu du quatrième siècle avant l'ère vulgaire. *Paris, de Bure*, 1789, 7 tom. en 4 vol. in-8, mar. rouge, dos orné, encadr. et armoiries dor. sur les plats, dent. int., tr. dor. (*Rel. anc.*).

Edition originale.
On a relié à la suite du tome VII : L'Homme Sauvage (suivi des Amours de Cherale, poème en six chants), par Mercier. *Neuchâtel*, 1784.
Ces 4 volumes ont été anciennement remboités dans des reliures de Dubuisson, provenant d'almanachs royaux ; celles des 2e et 3e vol. sont semblables.

1265. **Baudouin de Guémadeuc**. L'Espion dévalisé. *Londres*, 1782, in-8, broché, *non rogné*.

Édition originale de cet ouvrage curieux, qui fut longtemps attribué au comte de Mirabeau.

1266. **Beaumarchais**. Le Barbier de Séville, ou la précaution inutile, comédie en quatre actes. *Paris, Ruault*, 1775, in-8, demi-rel. veau fauve, dos orné. (*Pierson*).

Édition originale. — Exemplaire lavé et encollé.

1267. **Beaumarchais**. Collection complette des mémoires de M. de Beaumarchais, avec la suite de sa justification. *La Haye*, 1777, 2 vol. in-12, veau fauve, dos orné, tr. rouges. (*Rel. anc.*). — Mémoires sur une question d'adultère, de séduction et de diffamation pour le sieur Kornman contre.... le sieur Caron de Beaumarchais... *S. l.*, 1787, 2 vol. in-8, demi-rel. veau brun. (*Rel. anc.*).

On y a joint : Vie privée, politique et littéraire de Beaumarchais, suivie d'anecdotes, bons mots, etc. *Paris*, 1802, pet. in-12, portr. ajouté, demi-rel. veau brun, non rog. — Ens. 5 vol.

1268. **Beaumarchais**. Les deux amis, ou le négociant de Lyon, drame en cinq actes en prose. *Paris, Veuve Duchesne*, 1770, in-8, veau fauve, dos orné, fil. et fleurons aux angles, sur les plats, dent. int., tr. dor. (*Châtelin*).

Edition originale.

1269. **Beaumarchais**. Œuvres complettes. *Amsterdam, Merkus*, 1775, 3 vol. in-8, veau fauve, dos orné, fil., tr. rouges. (*Rel. anc.*).

Les 2 premiers volumes, ornés d'un portrait et d'un frontispice (répété au 2e vol.), renferment les mémoires de Beaumarchais ; le 3e contient ses pièces de théâtre : *Eugénie, les Deux amis* et *le Barbier de Séville*.

1270. **Beccaria**. Traité des délits et des peines, traduit de l'italien (par Morellet), avec des additions de l'auteur, qui n'ont pas encore paru en italien. *A Lausanne*, 1766, in-12, veau marb., dos orné, tr. rouges. (*Rel. anc.*).

Edition originale de la première traduction française de cet ouvrage célèbre. — Portrait gravé par Fauchery, d'après Chasselat, remonté, ajouté.

1271. **Bénard**. Eloge de l'Enfer. Ouvrage critique, historique et moral. *A La Haye, chez Pierre Gosse junior*, 1759, 2 vol. in-12, cart. bradel perc. noire, titre calligraphié en rouge sur le dos, fil. rouges sur les plats, tr. rouges. (*Pierson*).

Premier tirage. — 1 frontispice (2 fleurons, 1 vignette et 1 cul-de-lampe, reproduits chacun trois fois) et 15 figures par Sibelius.
Exemplaire sur papier de Hollande.

1272. **Bening** (le P. François). Le Bouclier d'honneur, où sont représentés les beaux faicts de... feu messire Louis de Berton, seigneur de Crillon... Par un Père de la Compagnie de Jésus. *Bruxelles, et Paris, Desprez*, 1759, in-12, veau marb., dent. int. (*Pierson*).

Ouvrage curieux, dont la pagination commence à la p. 197 ; il était en effet, destiné à compléter le tome II de la *Vie du brave Crillon*, par Mlle de Lussan, mais il fut publié séparément, l'auteur ayant eu communication de pièces plus intéressantes.

1273. **Bernard** (Catherine). Le comte d'Amboise (nouvelle galante). *S. l. n. d.* (Paris, vers 1770), pet. in-12, mar. rouge, dos orné, fil., dent. int., tr. dor.

Petite nouvelle extraite de la *Bibliothèque de campagne* ; elle est ornée d'une vignette par De Sève, gravée par Fessard. — Reliure moderne exécutée en maroquin ancien.

1274. **Bernis** (cardinal de). La Religion vengée, poème en dix chants. *A Parme, dans le palais royal*, 1795, gr. in-fol., pap. vélin, demi-rel. bas. brune, *non rogné*. (*Rel. anc.*).

Belle impression de Bodoni, ornée d'un portrait gravé par d'Agincourt.

1275. **Berquin**. Idylles, par M. Berquin. *Paris, Ruault*, 1775, 2 tom. en 1 vol. pet. in-16, veau vert, dos orné, fil. dor. et bord. à froid sur les plats, dent. int., tr. dor. (*Rel. romantique*).

Premier tirage. — Edition ornée de 1 titre-frontispice et 24 figures de Marillier, gravés par Gaucher, De Ghendt, Delaunay, Née, Masquelier, etc.

Cette édition présente quelques différences avec celle décrite par Cohen (6e éd., t. Ier, col. 139) : le 1er volume comporte VI pp. pour la préface et 53 pp. ; le 2e a 70 pp., y compris le titre et l'avertissement et 1 p. n. ch. pour le privilège. Elle offre, en outre, cette particularité que l'auteur y annonce pour le mois de *Mars* la publication du 2e volume, alors que, dans l'édition décrite par Cohen, cette publication est annoncée pour le mois de *Novembre*. (Légères rousseurs).

1276. **Bibiena** (de). La Poupée. *A Londres* (Paris, Cazin), 1782, in-18, mar. citron à long grain, dos sans nerfs orné à la Padeloup, fil. sur les plats et à l'int., tr. dor. (*Rel. mod.*).

De la *Bibliothèque amusante*.
Charmant exemplaire de cet agréable petit conte de fées.

1277. **Billardon de Sauvigny**. L'Innocence du premier âge en France, ou histoire amoureuse de Pierre-le-Long et de Blanche Bazu, suivie de la Rose ou la fête de Salency. *Paris, Ruault*, 1778, in-8, cart. b adel demi-perc. verte. (*Pierson*).

1 titre gravé, 1 frontispice et 3 en-têtes, plus une jolie figure par Greuze, gravée par Moreau le jeune pour la *Rose*.

On y a joint : La fête de la Rose, poème. *Paris, Merlin*, 1778, plaq. pet. in-8, cart. bradel perc. ocre, (*Pierson*) ; 1 frontispice par Touzé, gravé par Masquelier. — Histoire amoureuse de Pierre le Long. *Londres*, 1768, pet. in-8, cart. bradel demi chag. grenat, plat à biseaux avec plaque laque japonaise (*Pierson*) ; 1 front. et 3 en-têtes gravés. — Ens. 3 vol.

1278. **Blondel** (Jean). Des hommes tels qu'ils sont et doivent être, ouvrage de sentiment. *Hambourg*, 1760, pet. in-8, cart. bradel demi-perc. ocre, non rog. (*Pierson*).

Seconde édition de ce petit ouvrage, dont l'auteur, jurisconsulte éminent, collabora à la rédaction du Code pénal.

1279. [**Boileau**]. Bolæana ou bons mots de M. Boileau (par Jacques de Losme de Monchesnay), avec les poésies de Sanlecque, etc. *Amsterdam, chez l'Honoré*, 1742, 2 part. en 1 vol. in-12, veau fauve rac., dos orné, fil., dent. int., tr. dor. (*Rel. mod.*).

Recueil d'anecdotes sur l'auteur du *Lutrin*. Les poésies du P. Sanlecque, de l'ordre de Sainte-Geneviève, qui forment la 2e partie, comprennent de curieuses satires dirigées contre le clergé séculier.

1280. **Boileau**. Œuvres diverses du sieur Boileau-Despreaux, avec le Traité du Sublime ou de Merveilleux dans le discours, traduit du grec de Longin. Nouvelle édition, revuë et augmentée de diverses pièces nouvelles, avec les passages des poètes latins imitez par l'auteur. *Amsterdam, Henri Schelte* [*à la Sphère*] 1702, 2 vol. in-12, front. et fig. gr., veau brun, dos orné, fil., dent. int., tr. dor. (*Rel. anc.*).

Très belle réimpression de l'édition de Paris, 1701, à laquelle ont été ajoutés le *Chapelain décoiffé* et les diatribes contre le mariage et les maltôtes. (Berriat-Saint-Prix).

1281. **Boileau** (l'abbé). Historia flagellantium de recto et perverso flagorum usu apud Christianos. *Paris, J. Anisson*, 1700, in-12, veau gran., dos orné, tr. jasp. (*Rel. anc.*). — Histoire des flagellans, où l'on fait voir le bon et le mauvais usage des flagellations parmi les chrétiens. Traduite du latin de l'abbé Boileau. *Amsterdam*, 1701, in-12, veau fauve, dos orné, tr. jasp. (*Rel. mod.*).

Editions originales, contenant le texte intégral des passages qui furent adoucis dans la traduction donnée en 1732 par l'abbé Granet.

1282. **Boselli** (G.-V.). Delle storie piacentine libri XII. *Piacenza*, 1793, in-4, mar. vert foncé, dos orné, fil. et armoiries sur les plats, dent. int., tr. dor. (*Rel. anc.*).

Exemplaire en grand papier *aux armes de MARIE-LOUIS-FERDINAND I*er, infant d'Espagne, duc de Parme.

1283. **Boufflers** (le chevalier de). La Reine de Golconde, conte. *S. l.*, 1761, in-12 de 47 pp., y compris le titre gravé orné d'une vignette, cart. bradel demi-perc. crème avec coins, titre calligraphié en rouge, au dos. (*Pierson*).

Seconde édition de ce charmant conte.

1284. **Bouhours** (le P.). La Manière de bien penser dans les ouvrages d'esprit, dialogues. Nouvelle édition. *Paris*, 1756, in-12, veau marb., dos orné, armoiries sur les plats, tr. marb. (*Rel. anc.*).

Aux armes de Philippe-Joseph d'ORLÉANS-EGALITÉ, décapité le 6 novembre 1793.

1285. **Brown** (Thomas). Essai sur les erreurs populaires ou examen de plusieurs opinions reçues comme vrayes, qui sont fausses ou douteuses. Traduit de l'anglois (par l'abbé J.-B. Souchay). *Amsterdam*, 1733, 2 vol. in-12, veau brun, dos orné, tr. rouges. (*Rel. anc.*).

Barbier. (Dict. des ouvr. anon., II, 257), ne mentionne que l'édition de 1738 de cet ouvrage curieux et rare.

1286. **Bussy-Rabutin** (Roger de). Histoire amoureuse des Gaules, par le comte de Bussy-Rabutin. *A Cologne, chez Pierre Marteau*, 1722, pet. in-12 de 355 pp., mar. orange, dos orné, fil., dent. int., non rog. (*Thibaron-Joly*).

Edition non citée par Brunet ; elle renferme l'*Histoire de la comtesse d'Olonne*, l'*Histoire de M. et Mme de Châtillon*, la *suite de l'Histoire de la comtesse d'Olonne*, l'*Histoire de Mme de Sévigné*, l'*Histoire de Mme de Monglas et de Bussy*, les *Maximes d'amour*, suivies de la traduction de quelques épigrammes de Martial et la *lettre de Bussy au duc de Saint-Aignan* ; le fameux cantique Que Deodatus est heureux, s'y trouve aux pp. 215-216.

Bel exemplaire entièrement non rogné.

1287. **Bussy-Rabutin** (de). Lettres de messire Roger de Rabutin, comte de Bussy... avec les réponses. — Nouvelle édition, où l'on a inséré les trois volumes de nouvelles Lettres publiez en 1709... *Amsterdam, J. Châtelain*, 1738, 6 vol. in-12, portr., veau marb., dos orné, tr. rouges. (*Rel. anc.*).

1288. **Cajetanus** de Alexandris. Confessarius monalium commoda, brevi et practica methodo instructus circa earum obligationes, privilegia, et cætera ferè omnia ad hanc materiam spectantia. Editio secunda pluribus in locis locupletata. *Venetiis, apud Paulum Balleonium*, 1713, in-12, vélin blanc. (*Rel. anc.*).

Peu commun. — « Ce manuel, par demandes et réponses, est extrêmement clair et intéressant. Il y a des demandes hardies et des réponses cocasses dans le chapitre IV relatif au vœu de chasteté ».

1289. **Cantiques** et Pots pourris. *A Londres* (Paris, Cazin), 1789, 3 (sur 6) parties en 1 vol. in-18, mar. rouge, dos orné, fil. sur les plats, dent. int., tr. dor. (*Bretault*).

Ces 3 parties, paginées de 5 à 64, y compris les faux-titre et titre particulier de chaque pièce, sont : *La Chasteté de Joseph* (22 pp. de musique gravée). — *La Pucelle d'Orléans* (28 pp. de musique). — *Judith et Holopherne* (20 pp de musique).

Les 3 charmantes figures non signées, mais qui sont dues à Borel, pour le dessin, et à Elluin, pour la gravure, sont ici en premier tirage. (Cf. Cohen, 6e éd., I, 202).

1290. **Caraccioli** (le marquis). Le Livre à la mode. *A Verte-Feuille de l'imp. du Printems, l'année nouvelle.* — Le Livre à la mode. Nouvelle édition, marquetée, polie et vernissée. *En Europe, chez les libraires*, 1000700509 (1759) ; 2 ouvr. différents, le 1er imp. en vert et le 2e en rouge, en 1 vol. in-12, demi-rel. bas. verte, *non rogné.* — De la gaieté. *Francfort et Paris*, 1763, in-12 demi-rel. veau fauve, dos orné, tr. rouges (*Rel. mod.*). — Le Livre des quatre couleurs. *Aux Quatre-Eléments...* 4444 (1774), in-12, impr. en 4 couleurs, cart. perc. (*Pierson*).

1291. **Caraccioli** (le marquis). Le Tableau de la Mort, par l'auteur de la jouissance de soi-même. Nouvelle édition. *A Francfort, en foire, chez Bassompierre*, 1761, in-12, veau marb., dos orné, tr. rouges. (*Rel. anc.*).

Aux armes du marquis René-Jean d'OSMONT.

1292. **Celse.** A Cornelii Celsi de re medica libri VIII. (cura C.-C.

Krause), ex recensione J. Valart. *Paris, Didot*, 1772, in-12, cuir de Russie, dos orné or et à froid, bord. à froid et fil. dor. sur les plats, dent. int., tr. marb. (*Ducastin*).

Jolie édition qui s'annexe à la collection de Barbou.

1293. **Cérémonies** et coutumes religieuses de tous les peuples du monde, représentées par des figures dessinées de la main de Bernard Picart, avec une explication historique et quelques dissertations curieuses par J.-F. Bernard, Bruzen de la Martinière et autres). *Amsterdam, J.-Fr. Bernard*, 1723-1743, 11 vol. in-fol., veau gran., dos orné, tr. marb. (*Rel. anc.*).

Premier tirage. — Important ouvrage illustré de 265 grandes figures gravées d'après Bernard Picart, dont beaucoup formant double page. Exemplaire accompagné des 2 vol. des *Superstitions anciennes et modernes*. (Les tomes III et IV, cotés I et II, portent la date de 1739 ; un certain nombre de feuillets sont fortement jaunis).

1294. **Chifonnier du Parnasse** (le) ou choix de poésies nouvelles de divers auteurs. *Amsterdam*, 1732, in-12 de 52 pp., cart. bradel demi-perc. ocre, tr. rouges. (*Pierson*).

La plupart des pièces de ce recueil sont de Piron.

1295. **Choderlos de Laclos**. Les Liaisons dangereuses, ou lettres recueillies dans une société, et publiées pour l'instruction de quelques autres. Par M. C... de L... *A Amsterdam, et se trouve à Paris, chez Durand neveu*, 1782, 4 tom. en 2 vol. in-12, veau marb., dos orné, tr. marb. (*Rel. anc.*).

Edition originale. Rare.

1296. **Choderlos de Laclos**. Les Liaisons dangereuses, ou lettres recueillies dans une société, et publiées pour l'instruction de quelques autres, par C... de L... *A Genève*, 1792, 4 vol. in-18, veau rouge, dos sans nerfs orné, fil. dor. sur les plats, tr. marb. (*Rel. anc.*).

Edition bien imprimée s'annexant à la collection Cazin, ornée de 8 jolies figures de Le Barbier aîné, gravées par Dambrun, Delignon, Halbou, etc.

1297. **Cicéron**. De officiis ad Marcum filium. *Lutetiæ, typis Jos. Barbou*, 1773, in-64, texte encadré, mar. rouge, dos orné, fil., dent. int., tr. dor., dans un étui de veau fauve. (*Rel. anc.*).

Jolie petite édition, imprimée en caractères fins, ornée d'un charmant frontispice par Moreau, gravé par Lemire.

1298. **Claude** (J.-J.). Sermons sur divers textes de l'Ecriture Sainte, par M. Jean-Jacques Claude, pasteur de l'Eglise françoise de Londres. *Genève*, 1724, in-8, veau fauve, dos orné, dent. int., tr. jasp. (*Pierson*).

Edition originale. — L'auteur de ces sermons était le petit-fils de Jean Claude, l'adversaire de Bossuet.

1299. **Colardeau.** Le Temple de Gnide, mis en vers par M. Colardeau. *A Paris, chez Le Jay, s. d.*, in-8, veau marb., dos sans nerfs orné, fil., tr. dor. (*Rel. anc.*).

Premier tirage. — 1 titre gravé avec, en médaillon, le portrait de Pierre Corneille, finement gravé, et 7 charmantes figures par Monnet, gravées par Baquoy, Delaunay, Helman, Masquelier, Née et Ponce.
L'exemplaire, remboîté dans une reliure ancienne, a été lavé, mais si malhabilement que le papier en est devenu cassant ; nombreuses déchirures, la plupart réparées, dans les marges.

1300. **Collé.** La partie de chasse de Henri IV, comédie en trois actes et en prose. *Paris, Veuve Duchesne*, 1766, in-8, cart. bradel perc. rouge, tr. marb. (*Pierson*).

Premier tirage. — Illustré de 1 frontispice et 3 figures par Gravelot, gravés par Duclos, Rousseau et Simonet. — Exemplaire lavé et encollé.

1301. **Collins** (Anthony). Discours sur la liberté de penser, écrit à l'occasion d'une nouvelle secte *d'Esprits forts* ou de gens qui pensent librement. Traduit de l'anglois (par Henri Scheurleer, revu par Jean Rousset) et augmenté d'une lettre d'un médecin arabe. *A Londres*, 1714, in-8, veau fauve, dos orné, fil., dent. int., tr. rouges. (*Rel. anc.*).

Aux armes d'Armand-Jean de WIGNEROT DU PLESSIS, duc de RICHELIEU.
Ex-libris Ferdinand Brunetière.
On y a joint : A discourse of free-thinking, occasion'd by the rise and growth of a sect call'd *Free-Thinkers* (by Anth. Collins). *London*, 1713, pet. in-8 de 4 ff. et 149 pp. ch., cart. bradel demi-perc. ocre, non rog. (*Edition originale du texte anglais*). — Free-Thinking rightly stated, wherein a discourse (falsly so call'd) is fully consider'd. *London*, 1713, in-8 de 2 ff. et 131 pp. ch., même cart., non rog. (*Réfutation de l'écrit de Collins*). Ens. 3 vol.

1302. **Coltivazione** e Governo del Lino Marzuolo con dodici tavole in rame. *Vicenza, Dom. Bardella*, 1792, in-4, demi-rel. bas. avec coins, tr. jasp. (*Rel. anc.*).

Titre gravé avec vignette, armoiries en tête de la dédicace et 12 planches gravées hors texte, représentant les différentes phases de la culture du lin.

1303. **Condé** (Louis de Bourbon, premier du nom, prince de). Mémoires de Condé, servant d'éclaircissement et de preuves à l'Histoire de M. de Thou..., enrichis d'un grand nombre de pièces (par D.-F. Secousse), augmentés d'un supplément (par Lenglet du Fresnoy). *A Londres et se vend à Paris, chez Rollin fils*, 1743, 6 vol. in-4, portr. gravés, veau fauve, dos orné, fil. à froid et armoiries dor. sur les plats, tr. rouges. (*Rel. anc.*).

Aux armes de Christophe de KLINGLIN, premier président honoraire du Conseil Souverain d'Alsace.
Sur les titres, cachet de la bibliothèque du roi Louis-Philippe, au château de Neuilly.

1304. **Condillac** (l'abbé de). Traité des sensations. *A Londres, et se vend à Paris chez de Bure l'aîné*, 1754, 2 vol. in-12, veau marb., dos orné, tr. rouges. (*Rel. anc.*).

Edition originale.

1305. **Condorcet.** Lettre d'un théologien à l'auteur du Dictionnaire des trois siècles (l'abbé Sabatier de Castres). *A Berlin*, 1774, in-8, broché, non rogné.

Edition originale de cette lettre qui fut quelquefois attribuée à Voltaire.

1306. **Considérations** sur les finances d'Espagne. *Dresde* (Paris), 1753, pet. in-12, mar. rouge, fil. à froid, dent. int., tr. dor. (*Rel. anc.*).

Barbier avait indiqué cet ouvrage comme dû à Fr. Véron de Forbonnais ; il a été depuis attribué à Montesquieu.

1307. **Constantin**, dit Du Cass (l'abbé). Le B. *S. l.* (Paris), 1750, pet. in-8 de 16 pp., y compris le titre, cart. bradel demi-perc. grise avec coins.

Pièce rare qui fut saisie et dont l'auteur fut banni du royaume après un court séjour à la Bastille.
Le B..., c'est à dire le Baillon, est une lettre adressée aux auteurs qui avaient écrit pour ou contre les immunités du clergé. (Cf. Barbier, Dict. des ouvr. anon., I, 373, *c.*).

1308. **Coquelet.** Le Triomphe de la Charlatanerie. Dédié au Grand T*** [par Coquelet]. *A Paris, chez Antoine de Heuqueville, ruë Gist-le-cœur, à la Paix*, 1730, in-12, cart. bradel percal. crème, tr. jasp. (*Pierson*).

Ce petit traité étend à d'autres professions que celles des savants les interprétations peu charitables de Menckenius.

Ce Coquelet, qui a écrit diverses facéties mourut en 1754, âgé de 78 ans. — L'exemplaire porte sa signature sur le titre, et est corrigé de sa main, au titre, et aux pages 3, 13, 15, 18, 20, 42.

Le « Grand T*** » auquel est dédié son opuscule s'appelait Thomas. C'était un dentiste et marchand d'orviétan qui sévissait sur le Pont-Neuf vers 1730.

1309. **Cornelius Nepos.** Vitæ excellentium imperatorum. Editio sterestypa. *Paris, P. Didot l'aîné, an VII* (1799), in-12, mar. rouge, dos sans nerfs orné, fil. et bord. dor. sur les plats, dent. int., tr. dor. (*Rel. anc.*).

Exemplaire sur papier vélin, dans une excellente reliure de Bradel-Derome.

1310. **Delille** (J.). L'Homme des Champs ou les Géorgiques françaises, par Jacques Delille. *Strasbourg, de l'impr. de Levrault, an X* (1802), gr. in-4, 4 fig. dess. et grav. par Guérin, cart. de l'époque, *non rogné.*

Exemplaire en grand papier vélin, contenant les figures de Guérin *avant la lettre*, accompagnées de papiers de soie avec légendes. (Le pap. de soie de la fig. du 3e chant manque ; qq. rousseurs).

1311. **Denys d'Halicarnasse.** Les Antiquitez romaines, traduites du grec par le P. Gabriel-François Le Jay, avec des notes historiques, critiques et géographiques. *Paris, G. Dupuis*, 1722, 2 vol. in-4, veau fauve, dos orné, tr. rouges. (*Rel. anc.*).

Aux armes de LANGUET DE LA VILLENEUVE DE GERGY, évêque de Soissons et supérieur du collège de Navarre.

1312. **Des Périers** (Bonaventure). Cymbalum Mundi ou dialogues satyriques sur differens sujets ; par Bonaventure des Périers, avec une lettre critique dans laquelle on fait l'histoire, l'analyse et l'apologie de cet ouvrage, par Prosper Marchand, libraire. Nouvelle édition revuë, corrigée et augmentée de notes et remarques, communiquées par plusieurs sçavants [Falconet, Lancelot, etc.]. *A Amsterdam, chez Prosper Marchand* [*Paris*], 1732, pet. in-12, demi-rel. veau, tr. jasp.

C'est d'après cette jolie édition, qui reproduit l'édition originale de 1537, que la *Clef* du *Cymbalum*, publiée dans le *Bulletin du Bibliophile*, a été établie.

Frontispice, 4 figures et 2 vignettes par Bernard Picart.

1313. **Des Périers** (Bonaventure). Cymbalum mundi, ou dialogues satyriques sur différens sujets, avec une lettre critique... par Prosper Marchand. *Amsterdam et Leipzig*, 1753, in-12, broché, *non rogné.*

Edition ornée de 1 frontispice, 1 vignette de titre et 4 figures par Bernard Picart.
Exemplaire non rogné, dans sa brochure originale.

1314. **Desprez de Boissy.** Lettres sur les spectacles, avec une histoire des ouvrages pour et contre les théâtres. Cinquième édition. *Paris*, 1773, 2 vol. in-12, veau marb., dos orné, fil., dent. int., tr. dor. (*Rel. anc.*).

1315. **Détail** (le) de la France sous le règne présent, augmenté en cette nouvelle édition, de plusieurs mémoires et traitez sur la même matière (par Pierre Le Pesant de Boisguilbert). *S. l.*, 1707, 2 tom. en 1 vol. in-12, veau brun, dos orné, tr. jasp. (*Rel. anc.*).

Une des nombreuses éditions de cet ouvrage curieux, d'un vif intérêt pour l'histoire économique de la France ; il fut recherché par la police pour sa seconde partie, intitulée *Factum de la France ou moyens très faciles pour faire recevoir au roy 80 millions par dessus la capitation, praticables par deux heures de travail de MM. les ministres et un mois d'exécution de la part des peuples....*
Le titre du 1er volume manque.

1316. **Dictionnaire** (Nouveau) de l'Académie Françoise, dédié au Roy. *Paris, J.-B. Coignard*, 1718, 2 vol. in-fol., veau fauve, dos orné, comp. de fil. sur les plats, dent. int., tr. dor. (*Rel. anc.*).

1 très beau frontispice par J.-B. Corneille, gravé par Mariette et Edelinck, 1 vignette de titre et 1 en-tête reproduits au 2e volume, et 1 beau portrait de Louis XV en médaillon par Coypel, gravé par Audran.

1317. **Dictionnaire** de l'Académie Françoise. — Nouvelle édition augmentée de près de quatre mille mots. *Nimes et Paris*, 1787, 2 vol. pet. in-4, veau marb., dos orné, tr. rouges. (*Rel. anc.*).

Première édition dans laquelle les lettres i-j et u-v sont séparées.

1318. **Diderot.** Les Bijoux indiscrets (par Denis Diderot). *Amsterdam, M.-M. Rey*, 1772, in-8, demi-rel. veau brun, dos orné, tr. jasp. (*Rel. anc.*).

Edition originale, ornée de 1 frontispice et 6 jolies figures, non signés ; elle forme le 5e volume des *Œuvres philosophiques* de Diderot.

1319. **Diderot**. Etrennes des Esprits forts [Pensées philosophiques]. *A Londres, chez Porphyre, à S. Thomas*, 1757, in-18 carré, veau brun, dos sans nerfs orné, fil., tr. dor. (*Rel. anc.*).

Recueil de 62 pensées, qui fut condamné au feu par le Parlement de Paris ; orné d'un frontispice gravé, non signé. (Petite tache sur le frontispice. — Cachets de la Bibliothèque de la Sorbonne).

1320. **Diderot**. Jacques le fataliste et son maître. *Paris, Buisson, an V* (1797), 2 tom. en 1 vol. in-8, veau fauve, dos sans nerfs orné, dent. int., tr. dor. (*Rel. anc.*).

Edition originale. — Bel exemplaire.

1321. **Diderot**. Lettre sur les aveugles, à l'usage de ceux qui voyent (par Denis Diderot). *A Londres*, 1749, in-12, avec 6 pl. grav., veau marb., dos orné, tr. jasp. (*Rel. anc.*).

Edition originale.

1322. **Diderot**. Pensées sur l'interprétation de la nature (par Denis Diderot). *S. l.* (Paris), 1754, pet. in-12, mar. citron, dos sans nerfs orné, fil., dent. int., tr. dor. (*Rel. anc.*).

Edition originale.

1323. **Discours** sur le monde mulièbre, traduit du latin du P. Séraphin d'Ostende, capucin, avec des notes par un amateur de la belle latinité, et dédié à une jolie femme par le P. Boniface d'Asnières. *S. l.* 1789, in-8 de 68 pp., cart. bradel demi-perc. ocre, *non rogné*.

Curieuse pièce dans laquelle on trouve des réflexions singulières sur les femmes, la coquetterie, les préceptes de l'Eglise, etc.

1324. **Dissertatio psychologica** de transmigratione animarum humanarum ex suis corporibus in alia corpora ; hanc Deo clementer juvante, præside Jo. Adamo Osiandro, logicæ et metaphysicæ prof. publico ordin. ducalis stipendii ephoro ordinis philosophorum h. t. decano, pro gradu magisterii rite obtinendo, Diebus, junii a MDCCXLIX. H. L. Q. S. [Horaloco-que suetis ?] defendent Jo. Jacobus Baur, Philippus Henricus Loebert, Jo. Wilhelmus Wild, Jac. Henricus Moegling, Jo. Jacobus Glocker, philosophiæ candidati, et serenissimi stipendiarii

Tubingæ, typis Christiani Godofredi Cottæ, s. d., in-4, demi-rel. mar. bleu avec coins, tr. jasp.

Pièce rare.

« C'est contre la transmigration des âmes qu'est dirigée la thèse destinée à obtenir le grade de docteur en philosophie. Cette thèse ne comporte pas moins de 123 propositions, et 10 propositions corollaires, mais ces soi-disant propositions numérotées en chiffres romains, ne sont souvent que de simples paragraphes. Ainsi les nos XXIII à XXVII sont employés à montrer que le cas de Nebucadnezar, qui fut changé en bête, comme chacun sait, n'est pas un argument en faveur de la transmigration pythagoricienne ».

Ex-libris A.-G. du Plessis.

1325. **Domat.** Les Loix civiles dans leur ordre naturel, le droit public, et legum de lectus; par M. Domat, advocat du roy au siège présidial de Clermont-en-Auvergne. Nouvelle édition, reveuë et corrigée. *A Paris, chez Michel Brunet*, 1713, fort vol. in-fol., demi-rel. vélin, tr. rouges. (*Rel. mod.*).

Belle édition de cet ouvrage estimé : « C'est peut-être le plus beau livre de droit qu'il y ait au monde. On y trouve le principe des lois de solidarité que nous réalisons péniblement de nos jours, notamment des lois pour la protection de la santé publique ».

1326. **Dorat.** Fables nouvelles (*A La Haye, et se trouve à Paris, chez Delalain*, 1773), 2 tom. en 1 vol. in-8, veau éc., dos sans nerfs orné, tr. rouges. (*Rel. anc.*).

Un des plus beaux livres illustrés par Marillier, son chef-d'œuvre, dit Cohen. — Il est illustré de 2 titres ornés, 1 grande figure répétée à chaque volume, 1 fleuron, 99 en-têtes et 99 culs-de-lampe, gravés par Baquoy, Delaunay, de Ghendt, Lingée, de Longueil, Masquelier, Née, etc.

Le titre imprimé manque ; qq. taches et petites mouillures.

1327. **Dorat.** Les malheurs de l'inconstance ou lettres de la marquise de Circé et du comte de Mirbelle. *Amsterdam, et se trouve à Paris, chez Delalain*, 1772, 2 vol. pet. in-8, veau rac., dos sans nerfs orné, fil. sur les plats, tr. marb. (*Rel. anc.*).

Orné de 2 figures par Quéverdo, gravées par de Longueil.

1328. **Drapier.** Du Gouvernement des diocèses en commun par les evesques et par les curez. *A Basle, chez Schouten* [*à la Sphère*], 1707, 2 part. en 1 vol. in-12, veau gran., dos orné, tr. jasp. (*Rel. anc.*).

« Ce livre, d'un extrême intérêt, et où l'infaillibilité papale est énergiquement niée, est de Guy Drapier, curé à Beauvais. C'est à Rouen qu'il a été imprimé et non, comme le dit le titre, à Bâle ». — La seconde partie n'a pas de titre.

Exemplaire aux armes de Charles Daniel Gabriel de PESTEL DE LEVIS DE THUBIÈRES DE CAYLUS, élevé à l'épiscopat d'Auxerre en 1704, mort à Rennes, en 1754, doyen des évêques de France.

1329. **Du Cange** (Charles Defresne, seigneur). Glossarium ad scriptores mediæ et infimæ latinitatis. Editio nova locuplatior et auctior, opera et studio monachorum ordinis S. Benedicti à Congregatione S. Mauri. *Paris, Osmont*, 1733-1736, 6 vol., front. et portr. gr. — Glossarium novum ad scriptores medii ævi, cum latinos tum gallicos, seu Supplementum ad auctionem Glossarii Cangiani editionem.... Collegit et digessit D. P. Carpentier. *Paris, Le Bréton*, 1766, 4 vol. front. gr. — Ens. 10 vol. in-fol., veau marb., dos orné, tr. rouges. (*Rel. anc.*).

Rare avec le supplément.

1330. **Duclos** (Ch.-Pinot). Les Confessions du comte de ***, écrites par lui-même à un ami. *A Amsterdam*, 1741, 2 part. de 175 et 136 pp., non compris les faux-titres et titres, en 1 vol. in-12, veau fauve, dos orné, dent. int., tr. rouges. (*Rel. anc.*).

Edition originale (Cf. sur Duclos et ses ouvrages le curieux article de Quérard dans ses *Superch. litt.* (t. III, 1038, *d.*).

1331. **Dulaurens** (l'abbé). L'Arretin. *A Rome, aux dépens de la Congrégation de l'Index*, 1763, 2 tom. en 1 vol. in-12, veau marb., dos orné, fil., dent. int., tr. marb. (*Rel. anc.*).

Edition originale de cette critique facétieuse de la Bible, qui valut à son auteur une détention de trente ans à la Bastille.

1332. **Durand** (David). La vie et les sentimens de Lucilio Vanini [par David Durand). *A Rotterdam, aux dépens de Gaspar Fritsch*, 1717, in-12, veau brun, dos orné, tr. rouges. (*Rel. anc.*).

Ouvrage intéressant comme signe de l'état de certains esprits au commencement du XVIIIe siècle. — On trouve à la fin le catalogue des ouvrages de Vanini.

Exemplaire aux armes de *Pierre-François de LASTRE-DOBY*, né à Dinant dans le pays de Liège en 1696, qui fut conseiller général au Grand-Conseil de la province de Liège.

1333. **Duval** (V.-J.). Œuvres de Valentin Jamerai Duval, précédés des mémoires sur sa vie. *A S. Pétersbourg, et à Stras-*

bourg, chez Treuttel, 1784, 2 vol. in-8, demi-rel. veau fauve avec coins, dos orné, tr. rouges. (*Rel. anc.*).

Edition non citée par Cohen ; elle est ornée d'un portrait gravé par Bock et de 2 fleurons de tête, 4 en-têtes et 2 culs-de-lampe gravés par Guérin. (Mouillures ; qq. ff. jaunis).

1334. **Elite** des poésies décentes. *Lyon, Périsse frères*, 1772, 3 vol. in-12, mar. rouge foncé à long grain, dos orné, bord. dor. sur les plats et à l'int., tr. dor. (*Rel. du début du XIXe siècle*).

Choix de poésies de Marot, La Fontaine, Colardeau, Delille, Corneille, Marmontel, Sedaine, Scarron, etc., publié par L.-P. Bérenger ou par l'abbé J.-A. de La Serre. (Eraflure au premier plat de la reliure du 1er vol.).

1335. **Encyclopediana** ou dictionnaire encyclopédique des ana. *A Paris, chez Panckoucke*, 1791, fort vol. in-4 à 2 col., demi-rel. veau fauve avec coins, tr. jasp.

Supplément à l'Encyclopédie méthodique.

1336. **Epictète.** Le Manuel d'Epictète, nouvellement traduit du grec, précédé d'un discours sur la vie et sur la morale d'Epictète, par Gabriel Brotier. *Paris, Mérigot, an II* (1794). — Le Livre des récompenses et des peines, traduit du chinois par M. Abel Rémusat. *Id., A.-A. Renouard*, 1816. — Ens. 2 ouvr. en 1 vol. pet. in-8, demi-rel. mar. rouge à long grain avec coins, non rog. (*Rel. anc.*).

Le 2e ouvrage est rare.

1337. **Erasme.** Les Colloques, ouvrage très intéressant, par la diversité des sujèts, par l'enjoûment et pour l'utilité morale. — Nouvelle traduction, par M. Gueudeville, avec des notes. *Leide, chez P. Vander Aa*, 1720, 6 tom. en 3 vol. in-12, demi-rel. veau brun avec coins, non rog. (*Rel. anc.*).

Premier tirage. — Edition illustrée de 1 frontispice par J. Schynvœ et d'environ 60 jolies figures à mi-page, dans le texte, non signées. Exemplaire non rogné.

1338. **Erasme.** L'Eloge de la Folie, traduit du latin d'Erasme par M. Gueudeville. — Nouvelle édition, revue et corrigée sur le texte de l'édition de Basle, ornée de nouvelles figures, avec des notes. *S. l.* (*Paris*), 1751, in-4, veau marb., dos orné, fil. sur les plats, tr. dor. (*Rel. anc.*).

Premier tirage de cette édition ornée de 1 frontispice, 1 fleuron de titre, 1 vignette, 1 cul de lampe et 13 jolies figures hors texte, par Eisen, gravés par Aliamet, Delafosse, Flipart, Legrand, etc.

Un des rares exemplaires tirés sur grand papier, de format in-4, après réimposition du texte.

1339. **Erasme.** Eloge de la folie, nouvellement traduit du latin d'Érasme par M. de la Veaux, avec les figures de Jean Holbein. *A Basle, chez J.-J. Thurneysen jeune*, 1780, pet. in-8, pap. de Holl., vélin blanc à rec., dos orné, tr. rouges, fermoirs à olives. (*Rel. mod.*).

Premier tirage de cette édition ornée des 83 dessins originaux de Hans Holbein, gravés à nouveau sur bois d'après l'exemplaire de la bibliothèque publique de Bâle. — Bel exemplaire.

1340. **Esope.** Æsopi Phrygii fabulae graecae latine conversae. *Parmae, ex regio typographio*, 1800, in-4, veau rac., dos sans nerfs orné, bord. dor. sur les plats, tr. jasp. (*Rel. anc.*).

Belle impression de Bodoni.

1341. **Essais** sur la Providence et sur la possibilité physique de la Résurrection, traduit de l'anglais du Dr B***. *La Haye*, 1719, pet. in-12, vélin blanc, fil. et milieux à froid, tr. jasp. (*Rel. anc.*).

Edition originale de ce petit ouvrage qui n'est nullement traduit de l'anglais ; il a été composé en français à Rotterdam par Jean Bion, réfugié français, avec l'aide de Prosper Marchand.

On a relié à la suite : Miroir pour les personnes colères, où l'on trouve les moyens de se guérir de cette passion. *Liège*, 1686, 357 pp. — Les Devoirs des maitres et des domestiques, par Mme Claude Fleury. *Amsterdam*, 1688, 150 pp.

1342. **Faërne.** Les Fables de Faërne, traduites en vers françois par M. Perrault, de l'Académie Françoise. *A Amsterdam, chez Gérard Onder de Linden*, 1718, in-12, veau brun, dos orné, tr. jasp.

Edition recherchée pour les vignettes sur bois dont elle est ornée, et qui sont des copies de celles de l'édition latine de 1564. — Titre doublé ; mouillures.

1343. **Florus.** Lucius Annæus Florus ; cui subjungitur Lucii Ampelii. Liber Memorialis. *Londini, ex officina J. Tonson et J. Watts*, 1715, in-8, veau fauve, dos orné, fil., dent. int., tr. dor. (*Rel. anc.*).

Jolie édition accompagnée d'un commentaire par Michel Mattaire. — Frontispice gravé par Du Guernier.

Exemplaire en grand papier ; qq. rousseurs.

1344. **Foé** (de). Histoire du diable, traduite de l'anglois. *Amsterdam, aux dépens de la Compagnie*, 1730, 2 vol. in-12, front. gr., veau fauve, dos orné, tr. rouges. (*Rel. anc.*).

Seconde édition de cet ouvrage curieux, qui a longtemps été attribué à Schwindenius et, pour la traduction, à J. Bion.

1345. **Foé** (D. de). La vie et les aventures de Robinson Crusoé, par Daniel de Foé. — Traduction revue et corrigée sur la belle édition donnée par Stockdale en 1790, augmentée de la vie de l'auteur, qui n'avoit pas encore paru. — Edition ornée de 19 gravures par Delignon d'après les dessins originaux de Stothart, d'une carte géographique et accompagnée d'un vocabulaire de marine. *Paris, Verdière, s. d.* (1800) ; 3 vol. in-8, veau rac., dos sans nerfs orné avec pièces de titre rouges, fil. sur les plats, tr. marb. (*Rel. anc.*).

Edition illustrée de 1 portrait, 3 titres gravés avec fleurons différents, 18 compositions de Stothart, gravées par Delvaux, et 1 mappemonde repliée.

1346. **Fontenelle**. Entretiens sur la pluralité des mondes. — Sixième édition. *Paris, Michel Brunet*, 1708, 1 vol. — Jugement de Pluton sur les deux parties des Nouveaux Dialogues des morts (attribué à Fontenelle). *Ibid., id.*, 1703, 1 vol. — Lettres galantes de M. le chevalier d'Her***. — Quatrième édition. *Ibid., id.*, 1708, ens 3 vol. in-12, veau fauve, dos orné, tr. rouges. (*Rel. anc.*).

Ces trois volumes proviennent de la bibliothèque de Charles Cousin, avec son ex-libris.

1347. **Fossati** (G.). Recueil de diverses fables désignées et gravées par George Fossati, architecte. *Venise, chez Ch. Pecora*, 1744, 6 tom. en 2 vol. in-4, vélin blanc, tr. bleues. (*Rel. anc.*).

Premier tirage. — Ouvrage peu commun, renfermant 1 grand titre orné, 1 fleuron de titre aux tomes II et III, 3 en-têtes et 216 grandes figures à pleine page, hors texte ; ces illustrations, gravées en taille-douce, sont tirées en teintes monochromes, de tons variés : rouge, sanguine, pourpre, vert bronze, brun clair, brun foncé, gris ardoise, etc. (Cassure insignifiante sur le bord de 2 ou 3 ff.).

1348. **France littéraire** (la) ou almanach des Beaux-Arts, contenant les noms et les ouvrages des gens de lettres, des sçavans et des artistes célèbres qui vivent actuellement en France. *Paris,*

Duchesne, 1755, in-18, mar. brun, dos orné, dent. aux petits fers encadrant les plats, doubl. et gardes de pap. semé d'étoiles dor., dent. int., tr. dor. (*Rel. anc.*).

1349. **Ginguené**. De l'autorité de Rabelais dans la révolution présente et dans la constitution civile du clergé, ou institutions royales, politiques et ecclésiastiques, tirées de Gargantua et de Pantagruel. *En Utopie, de l'imp. de l'abbaye de Thélème* (Paris, Gattey), 1791, in-8, demi-rel. mar. bleu avec coins, tête dor., non rog. (*Rel. mod.*).

Edition originale. — Exemplaire non rogné.

1350. **Graffigny** (Mme de). Lettres d'une Péruvienne. *A Peine*, *s. d.* (Paris), 1747, pet. in-12 de xij pp., y compris le faux-titre et titre, et 336 pp. ch., veau rac., dos orné, fil., dent. int., tr. dor. (*Rel. mod.*).

Edition originale, renfermant 38 *Lettres*. — Bel exemplaire.

1351. **Grammont** (de). Mémoires du mareschal de Gramont, duc et pair de France.... Donnez au public par le duc de Gramont, son fils. *Paris, David*, 1716, 2 vol. in-12, veau marb., dos orné, tr. marb. (*Rel. anc.*).

Edition originale.

1352. **Hanthaler** (Chrysostome). Exercitationes faciles de numis veterum pro tyronibus (Pars I-II). *Nuremberg*, 1736-1741, 2 part. en 1 vol. pet. in-4, 9 pl. de monnaies grav., repliées, mar. rouge, dos orné à froid, bord. à froid, fil. dor. formant un losange au centre des plats, angles couverts d'un semis de losanges dor., milieux dor. entourés de fleurettes en mosaïq. de cire verte et blanche, tr. dor. (*Rel. allemande anc.*).

1353. **Helvétius**. De l'esprit (par Jean-Claude-Adrien Helvétius). *Paris, Durand*, 1758, in-4, veau marb., dos orné, tr. rouges. (*Rel. anc.*).

Edition originale de ce célèbre ouvrage. Condamné par la Congrégation de l'Index, son auteur signa une rétractation dans laquelle il demandait le retrait des exemplaires, ce qui n'empêcha pas le Parlement de condamner l'ouvrage à être lacéré et brûlé.

On y a joint un recueil de 6 pièces relatives à l'ouvrage, comprenant : Lettre au R. P*** (Plesse), 9 pp. in-12. — Lettre au R. P. Berthier sur le matérialisme, 34 pp. in-12. — Chanson sur le livre De l'Esprit, 7 pp. in-12. — La même chanson, 8 pp. in-4. — Mandement de l'archevêque de Paris, portant condamnation du livre De l'Esprit, 28 pp. in-4. — Arrests de la Cour de Parlement (sur le même sujet), 31 pp. in-4. — Censure de la Faculté de théologie de Paris contre le livre De l'Esprit, 79 pp. — Ces pièces forment un vol. in-4, cart. perc. bleue.

1354. **Helvétius**. De l'homme, de ses facultés intellectuelles et de son éducation, ouvrage posthume. *Londres*, 1773, 2 vol. in-12, demi-rel. cuir de Russie rouge avec coins, tr. jasp. (*Rel. anc.*).

Edition originale.

1355. **Hérodote**. Histoire (*sic*) d'Hérodote, traduite du grec, avec des remarques historiques et critiques, un essai sur la chronologie d'Hérodote et une table géographique, par M. Larcher. *Paris, Musier, Nyon*, 1786, 7 vol. in-8, veau marb., dos sans nerfs orné, tr. jasp. (*Rel. anc.*).

Un des 48 exemplaires tiré sur papier de Hollande.

1356. **Histoire** du vicomte de Turenne, maréchal-général des armées du roi (par de Ramsay). *La Haye, J. Neaulme*, 1736, 4 tom. en 2 vol. in-12, portr. et fleurons grav., veau brun, dos orné, tr. rouges. (*Rel. anc.*).

Seconde édition de cet ouvrage et la première dans ce format.

1357. **Histoire** des Hosties miraculeuses, qu'on nomme le très-saint sacrement de miracle, qui se conserve à Bruxelles depuis l'an 1370... (par le P. H. Griffet). *Bruxelles, van den Berghen*, 1770, pet. in-8, pap. de Holl., mar. rouge, dos orné, fil. et bord. dor. aux petits fers, sur les plats, tr. dor. (*Rel. anc.*).

Bel exemplaire de cet ouvrage illustré de 1 frontispice, replié, et 17 figures par L. Fruytiers, hors texte. — On a ajouté, à la fin, 5 figures du même artiste, pliées. — Fraiche reliure ancienne.

1358. **Horatius** Flaccus (Quintus). *Birminghamiæ, typis Joannis Baskerville*, 1762, in-12, mar. rouge, dos orné, fil., dent. int., tr. dor. (*Rel. anglaise anc.*).

Très jolie édition, recherchée et peu commune, elle passe pour être l'édition la plus correcte qu'ait donnée Baskerville (Brunet). Elle est ornée d'un frontispice et d'un fleuron sur le titre par Wale, gravés par Grignion, et d'un écusson en tête de la dédicace. — Qq. rousseurs.

1359. **Imitatione Christi** (libri quatuor de), præcipuo regni administro, dicati. *Parisiis, è typogr. fratris Regis natu proximi*, 1788, gr. in-4, pap. vélin, cart. bradel demi-vélin blanc avec coins, *non rogné*. — Figure gravée par J.-S. Klauber d'après Stella, ajoutée.

1360. **Imitatione Christi** (libri quatuor de). *Parme, typ. Bodoni*, 1794, gr. in-fol., pap. vergé, cart. non rog.

Une de belles productions des presses de Bodoni ; cette édition n'a été tirée, suivant Brunet, qu'à 162 exemplaires seulement.

1361. **Ismène et Isménias**, roman grec (d'Eumathe, traduit par Godard de Beauchamp). *Paris, imp. de Didot l'aîné*, 1780, in-18, pap. fin, mar. vert, dos orné, fil., dent. int., tr. dor. (*Rel. anc.*).

De la collection du comte d'Artois. (Mouillures).

1362. **Jamblichus** chalcidensis. De vita pythagorica liber, gr. et lat. ex cod. mss. à quamplurimis mendis, purgatus notisque perpetuis illustratus à Ludolpho Kustero ; versionem latinam confecit Ulricus obrechtus : accedit Malchus, sive Porphyrius, de vita Pythagoræ, cum notis Lucæ Holstenii et Conradi Rittershusii. *Amsterdam*, 1707, 2 part. en 1 vol. pet. in-4, front. gravé, veau fauve, dos orné, dent. int., tr. dor.

Rare. — Ex-libris Ch. Cousin.

1363. **Josèphe** (Flavius). Histoire des Juifs, écrite par Flavius Joseph sous le titre de *Antiquitez judaïques*, 3 vol. — Histoire de la guerre des Juifs contre les Romains, écrite par Flavius Joseph, et sa vie écrite par lui-même, 2 vol. — *Bruxelles, Fricx*, 1701-1703, ens. 5 vol. pet. in-8, mar. grenat à long grain, dos orné, fil. et orn. d'angle sur les plats, dent. int., tr. dor. (*Rel. mod.*).

Jolie édition illustrée d'un frontispice par van Orley et de plus de 200 vignettes gravées sur cuivre, dans le texte ; la traduction est celle d'Arnauld d'Andilly.
Exemplaire sur papier fort.

1364. **Julien** (l'empereur). Les Césars de l'empereur Julien, traduits du grec par feu M. le baron de Spanheim, avec des remarques et des preuves, enrichies de plus de 300 médailles et autres anciens monumens, gravés par Bernard Picart le Romain. *Amsterdam, chez François l'Honoré*, 1728, in-4, veau brun, dos orné, tr. jasp. (*Rel. anc.*).

1 beau frontispice, 1 figure représentant une statue du comte Mathieu de Schulemberg, à qui la traduction est dédiée, 1 vignette avec ses armoiries et nombreuses figures de médailles, dans le texte, le tout gravé par Bernard Picart.

1365. **Jurieu.** Histoire critique des dogmes et des cultes, bons et mauvais, qui ont été dans l'Eglise depuis Adam jusqu'à Jésus-Christ, où l'on trouve l'origine de toutes les idolâtries de l'ancien paganisme expliquées par rapport à celles des Juifs. *Amsterdam, Franç. l'Honoré*, 1704, in-4, front. gr., veau brun, dos orné, tr. jasp. (*Rel. anc.*).

Exemplaire renfermant le *Supplément* de Cuper, publié en 1705 par le même éditeur in-4 de 70 pp. avec 3 pl. gravées repliées.

1366. **Kant** (Emmanuel). Projet de paix perpétuelle, essai philosophique par Emanuel Kant. Traduit de l'allemand, avec un nouveau supplément de l'auteur. *Kônigsberg, Fréd. Nicolovius*, 1796, pet. in-12 de 114 pp., cart. mod.

Seconde édition de cet ouvrage fameux. Rare.

1367. **La Farre** (de). Mémoires et réflexions sur les principaux évènemens du règne de Louis XIV et sur le caractère de ceux qui y ont eu la principale part, par M. L. M. D. L. F. (le marquis de La Farre). — Nouvelle édition. *Amsterdam, Bernard*, 1755, pet. in-12, mar. rouge, dos sans nerfs orné, fil., dent. int., tr. dor. (*Rel. anc.*).

Joli exemplaire.

1368. **La Fontaine.** Œuvres diverses de M. de La Fontaine, de l'Académie Françoise. *Paris, J.-L. Nyon*, 1729, 3 vol. pet. in-8, veau brun, dos orné avec pièces de mar. rouge, dent. int., tr. dor. (*Rel. anc.*).

Edition renfermant tous les ouvrages de La Fontaine, tant en prose qu'en vers, à l'exception des *Fables* et des *Contes*.
Exemplaire incomplet du portrait et des 2 ff. de l'épître de Huart au chevalier d'Orléans ; il renferme, par contre, au tome III, 4 jolies figures gravées par Séb. Le Clerc, illustrant *Psyché* ; ces figures ne sont pas mentionnées par M. de Rochambeau. (Les pièces de titre et de tomaison des reliures sont modernes).

1369. **Lafont de Saint-Yenne**. L'Ombre du grand Colbert, le Louvre et la Ville de Paris, dialogue. — Réflexions sur quelques causes de l'état présent de la peinture en France..., *S. l.* (Paris), 1752, in-12, veau marb., dos orné, tr. rouges. (*Rel. anc.*).

Premier tirage. — Orné d'un très joli frontispice par Eisen, gravé par Lebas.

1370. **La Harpe**. Tangu et Félime, poème en IV chants. Par M. de La Harpe, de l'Académie Française. *A Paris, chez Pissot*, *s. d.* [1780], pet. in-8, broché.

Premier tirage. — Ouvrage orné d'un titre gravé par Marillier et de 4 jolies figures de Marillier, gravées par Dambrun, de Ghendt, Halbou et Ponce.
Exemplaire non rogné, dans sa brochure originale.

1371. **Lambert** (Marquise de). Avis d'une Mère à son fils et à sa fille. Nouvelle édition. *A Paris, chez Etienne Gareau*, 1729, in-12, mar. rouge, fil. à froid sur le dos et les plats, dent. int., tr. dor. (*Rel. anc.*).

1372. **La Monnoye** (de). Poésies, avec son éloge, publiées par M. de S*** (Sallengre). *La Haye*, 1716, in-12, veau brun, dos orné à la grotesque, tr. dor. (*Rel. anc.*).

Recueil des pièces de vers dont La Monnoye avait enrichi l'édition en 4 vol. du *Ménagiana*, et qui furent, en partie, supprimées par la censure. Il est orné d'un fleuron de titre par Bernard Picart et de 5 très jolis en-têtes par Bleyswick (Cf. Nodier, Descript. d'une jolie collection de livres, n° 477).

1373. **La Place** (de). Pièces intéressantes et peu connues pour servir à l'histoire (et à la littérature, par M. D. L. P.). *Neuchâtel* (*et Bruxelles et Paris*), 1781-1790, 8 vol. in-12, bas. marb., dos orné, tr. rouges. (*Rel. anc.*).

Recueil d'intéressantes pièces sur la formation duquel La Harpe donne de curieux détails dans son *Cours de littérature*.

1374. **La Sablière** (de). Madrigaux de M. de La Sablière. — Nouvelle édition. *Paris, Duchesne*, 1758, pet. in-16 carré, mar. rouge, dos sans nerfs orné, comp. de fil. droits et courbes sur les plats, dent. int., tr. dor. (*Rel. anc.*).

Jolie édition ornée à chaque page d'un encadrement tiré en rouge avec fleurons et ornements également en rouge. — Charmante reliure de Bradel.

1375. **Lauroau** (Pierre). Histoire de France avant Clovis, pour servir d'introduction à celle de MM. Vely, Villaret et Garnier. *Paris, Lamy*. 1786, in-12, pap. vélin, mar. rouge à long grain, fil. sur le dos et les plats, bord. int. dor., tr. dor. (*Rel. anc.*).

2 figures non signées et 3 planches gravées d'après des médailles. Fraîche reliure de l'époque ; portant l'étiquette de Kalthoeber, relieur à Londres.

1376. **Lemierre.** La Peinture, poème en trois chants, par M. Le Mierre. *Paris, Le Jay, s. d.* (1769), in-8, veau marb., dos orné, fil., tr. marb. (*Rel. anc.*).

Premier tirage. — Orné d'un titre gravé avec le portrait de Corneille et de 3 belles figures par Cochin, gravées par Ponce, Prévost et Aug. de Saint-Aubin.

1377. **Le Vayer de Boutigny.** Tarsis et Zélie. Nouvelle édition. *Paris, Musier fils*, 1774, 3 vol. in-8, mar. grenat foncé, dos orné à la Padeloup, tête dor., *non rogné*.

Premier tirage. — Edition ornée de 3 frontispices par Cochin, Moreau et Eisen, 3 fleurons de titre et 20 en-têtes par Eisen, gravés par Née, Masquelier, de Longueil, etc. — Bel exemplaire relié sur brochure.

1378. **Limiers** (Pierre de). Annales de la Monarchie françoise. *A Amsterdam, chez L'Honoré et Châtelain*, 1724, 3 tom. en 1 fort vol. in-fol., demi-rel. veau brun, tr. jaunes.

Frontispice par Bernard Picart ; planches de médailles et tableaux généalogiques.

1379. **Livre de prières**, en allemand, du milieu du XVIIIe siècle, in-12, mar. noir, dos orné, large dent. dor. sur les plats, milieux, coins et fermoirs d'argent ciselé, tr. dor. (*Rel. anc.*).

Manuscrit de plus de 300 pp., avec nombreux ornements et titres de chapitre en 2 et 3 couleurs.
Le motif central du plat supérieur de la reliure représente l'agneau pascal ; sur le feuillet de garde, frappé en or, le nom d'Elisabetha Vieds.

1380. **Longin.** Dionysius Longinus de Sublimitate, (græc, et lat.). *Parme, typ. Bodoni*, 1793, in-fol., pap. vergé, cart. non rog.

Très belle édition du texte grec et de la version latine du fameux traité qui fut traduit par Boileau.
Exemplaire renfermant la préface de l'imprimeur, adressée au pape Pie VI, qui a été supprimée dans la plupart des exemplaires. (Petites mouillures ; déchirure à un feuillet).

1381. **Longus.** Pastoralium de Daphnide et Chloë libri IV (græce), cum proloquio de libris eroticis antiquorum (A P.-M. Paciaudi). *Parmæ, ex regio typogr.* 1786, in-4, demi-rel. cuir de Russie, non rog. (*Rel. anc.*).

Belle édition du texte grec.
Exemplaire sur grand papier vélin, provenant de la bibliothèque A.-A. Renouard, avec son ex libris.

1382. **Lucrèce.** T. Lucretii Cari de rerum natura libri VI, cum notis integris Dionys. Lambini, Oberti Gifanii, T. Fabri et aliorum, curante Sigeberto Havercampo qui et suas et Abr. Preigeri adustationes adjecit.... *Lugd. Batav., J. van der Aa,* 1725, 2 vol. in-4, vélin blanc, tr. jasp. (*Rel. anc.*).

Edition non citée par Cohen ; elle est ornée d'un fleuron de titre et 6 belles figures par Van Mieris, gravés par Wandelaar. (Rousseurs).

1383. **Machiavel.** Opere di Nic. Machiavelli : Historie fiorentine, 1 vol. — L'Asino d'oro, con tutte l'altre sue operette, 1 vol. — I setti libri dell'arte della guerra, 1 vol. — Il Principe ; la Vita di Castruccio Castracani da Lucca. Il Modo che tenne il duca Va'entino.... ; I ritratti delle cose della Francia et dell'Alamagna, 1 vol. — *S. l.,* 1725, ens. 4 vol. in-12, portr., cart. bradel demi-vélin blanc. (*Rel. mod.*).

1384. **Magnan** (le P. D.). Calcografia della Colonna Antonina, ovvero la veduta, l'elevazione, lo spaccato ed ; belle bassirilieri, di questo celebre monumento. *Rome,* 1779, in-fol., cart., non rog.

148 figures gravées sur cuivre, tirées par deux sur la même feuille

1385. **Maintenon** (Mme de). Mémoires pour servir à l'histoire de Mme de Maintenon et à celle du siècle passé (recueillis par L. Angliviel de la Beaumelle). *Amsterdam,* 1755-1756, 6 vol., titre gr. et portr. — Lettres de Mme de Maintenon à diverses personnes et à M. d'Aubigné, son frère (et lettres du clergé de France à Mme de Maintenon) (recueillies par le même). *Id.,* 1756, 8 vol. — Lettres de Paul Godet des Marais, évêque de Chartres, à Mme de Maintenon, recueillies par l'abbé Berthier. *Bruxelles,* 1755, 1 vol. — Ens. 15 vol. in-12, veau marb., dos orné, tr. rouges. (*Rel. anc.*).

1386. **Maistre** (X. de). Voyage autour de ma chambre, par M. le chev. X*** ***, O. A. S. D. S. M. S. (Xavier de Maistre, officier au service de S. M. sarde). *A. Turin* (*Lausanne*), 1794, in-12 de 188 pp. ch. et 1 p. n. ch. d'errata, demi.rel. veau brun avec coins, tr. jaunes. (*Rel. anc.*).

Edition originale. Très rare.
L'exemplaire est renfermé dans un étui en forme de livre, en mar. chaudron, dos orné, encadr. dor. sur les plats.

1387. **Mandeville** (B. de). La fable des abeilles, ou les fripons devenus honnêtes gens. Avec le commentaire où l'on prouve que les vices des particuliers tendent à l'avantage du public. Traduit de l'anglois (de Bernard de Mandeville, par S. Bertrand). *Londres, aux dépens de la Compagnie*, 1740, 4 vol. in-12, veau marb., dos orné, tr. rouges. (*Rel. anc.*).

Première traduction française de cet ouvrage curieux.

1388. **Manuel** des Francs-Maçons et des Franches-Maçonnes. Nouvelle édition, enrichie de plusieurs cantiques analogues à ces deux ordres. *A Philadelphie, chez Philarète, s. d.* (vers 1790), in-24, mar. rouge, dos orné, fil. et bord. dor. sur les plats, dent. int. (*Rel. anc.*).

Aux armes du comte de PROVENCE, couronné roi de France sous le nom de Louis XVIII.

1389. **Marmontel**. Contes moraux. *Paris, imp. de Didot l'aîné*, 1780, in-18, pap. fin, mar. bleu, dos orné, fil., dent. int., tr. dor. (*Rel. anc.*).

De la collection du comte d'Artois.

1390. **Marot** (Clément). Œuvres, revûes sur plusieurs mss. et sur plus de quarante éditions, et augmentées, tant de poésies véritables que de celles qu'on lui a faussement attribuées, avec les ouvrages de Jean Marot, son père, ceux de Michel Marot, son fils..., accompagnées d'une préface historique et d'observations critiques (par Lenglet du Fresnoy). *La Haye, P. Gosse et J. Neaulme*, 1731, 6 vol. pet. in-12, bas. marb., dos orné, tr. rouges. (*Rel. anc.*).

Jolie édition, recherchée et devenue rare. — Ex-libris E. Révérend du Mesnil.

1391. **Marsollier**. Histoire de Henry de La Tour d'Auvergne, duc de Bouillon, où l'on trouve ce qui s'est passé de plus remarquable sous les règnes de François II, Charles IX, Henry III, Henry IV, la minorité et les premières années du règne de Louis XIII. *Paris, Barois*, 1719, in-4, veau brun, dos orné, tr. rouges. (*Rel. anc.*).

Edition originale.

1392. **Mascaron**. Recueil des oraisons funèbres prononcées par messire Jules Mascaron, évêque et comte d'Agen, prédicateur ordinaire du roy. *A Paris, chez Grégoire du Puis*, 1704, in-12, veau brun, dos orné, initiales « B. D. R. » frappées sur le premier plat, tr. jasp. (*Rel. anc.*).

L'une des meilleures éditions de ces oraisons ; elle contient l'*oraison funèbre de Turenne*, regardée comme le chef-d'œuvre de Mascaron.

1393. **Mayer** (de). Galerie philosophique du seizième siècle. *Londres, et se trouve à Paris, chez Moutard*, 1783, 2 vol. in-8, bas. rac., dos orné, tr. marb. (*Rel. anc.*).

Recueil de pièces inédites, relatives à l'histoire de France, empruntées principalement au fonds de Béthune, de la Bibliothèque Nationale.

1394. **Mémoire** à présenter à Messieurs les Commissaires préposés par le Roi pour procéder à la réformation ds ordres religieux. *S. l.* 1767, in-12 de 113 pp., veau marb., dos orné, tr. rouges. (*Rel. anc.*).

Livre peu commun, inconnu à Barbier, — « très intéressant travail, écrit dans une langue excellente par quelqu'un qui connait bien son sujet ».

On a relié à la suite :

Histoire de l'établissement des moines mendiants. *A Avignon*, 1767, in-12 de 247 pp.

Ce livre, où on traite « de l'origine des moines, de leur première ferveur, de leur relâchement, de leur décadence, de leurs différentes réformes, des troubles qu'ils ont causés dans l'Eglise et dans l'Etat » etc., a été attribué à d'Alembert. *La France littéraire* l'attribue à Poullin de Lamina, et Barbier admet cette attribution. — Mouillures ; petite déchirure au titre.

1395. **Mémoires** de la Ligue, contenant les événemens les plus remarquables depuis 1576 jusqu'à la paix accordée entre le roi de France et le roi d'Espagne en 1598 (par Simon Goulart). — Nouvelle édition, augmentée de notes critiques et historiques (par l'abbé C.-P. Goujet). *Amsterdam, chez Arkstée et Merkus*, 1758, 6 vol. in-4, veau marb., dos orné, tr. rouges. (*Rel. anc.*).

Très bon exemplaire de cet important recueil.

1396. **Mémoires** pour servir à l'histoire de Charles IX et de Henri IV, rois de France, en quatre parties, avec quantité de remarques historiques et critiques (publiés par Lenglet Dufresnoy). *Paris, aux frais et dépens de l'éditeur*, 1745, in-4, veau fauve, dos orné, tr. rouges. (*Rel. anc.*).

Recueil estimé de pièces curieuses accompagnées de nombreuses notes par Lenglet-Dufresnoy.

La reliure porte, au dos, les macles et les mouchetures d'hermine couronnées de *Charles de ROHAN, prince de SOUBISE*.

1397. **Mémoires** secrets de la République des Lettres, ou le théâtre de la Vérité, par l'auteur des Lettres juives. — Lettre septième (et huitième et neuvième). *Amsterdam, J. Desbordes*, 1738, 3 part. en 1 vol. in-18, veau fauve, dos orné, pièces héraldiques timbrées de la couronne ducale aux angles des plats, tr. rouges. (*Rel. anc.*).

1398. **Mémoires secrets** pour servir à l'histoire de Perse. *Amsterdam, aux dépens de la Compagnie*, 1745, in-12, fleuron gr., portr. de Louis XV par Aug. de Saint-Aubin ajouté, veau marb., dos orné, fil. et bord. dor. sur les plats, dent. int., tr. dor. (*Richardot*).

Edition originale de ce libelle fameux, qui est le premier ouvrage où l'on a parlé du *Masque de fer*. (Cl. Barbier, Dict. des ouvr. anon., III, 244, *b.*).

1399. **Ménage.** Dictionnaire étymologique de la langue françoise. Avec les origines françoises de M. de Caseneuve, les additions du R. P. Jacob, et de M. Simon de Valhebert, le Discours du R. P. Besnier sur la science des Etymologies, et le Vocabulaire hagiologique de M. l'abbé Chastelain. Nouvelle édition dans laquelle outre les origines et les additions ci-dessus, qu'on a insérées à leur place, on trouvera encore les Etymologies de Messieurs Huet, Le Duchat, de Vergy et plusieurs autres. Le tout mis en ordre, corrigé et augmenté par A.-F. Jault, etc. *A Paris, chez Briasson*, 1750, 2 vol. in-fol., veau fauve, dos orné à la Padeloup, fil. sur les plats, tr. jasp. (*Rel. anc.*).

Bel exemplaire de ce célèbre et excellent ouvrage.

1400. **Menken** (ou Mencken). De charlataneria eruditorum declamationes duæ, autore J.-B. Menckenio. *Lipsiæ, apud Jo. Frid. Gleditsch et filium*, 1715, in-12, titre rouge, vélin blanc, tr. jasp.

Ouvrage peu commun et recherché, orné d'un curieux frontispice gravé. — Rousseurs, assez fortes à qq. ff.

1401. **Menken** (ou Mencken). De la charlatanerie des savans, avec des remarques critiques de différens auteurs. Traduit en françois (par Durand, fils d'un pasteur de Nimègue). *La Haye*, 1721, in-12, front. et fleuron gr., demi-rel. veau violet, non rog.

Edition originale de la première traduction française de cet ouvrage curieux ; elle est ornée d'un frontispice avec cette inscription : *Mundus vult decipi*.

Exemplaire non rogné, auquel on a ajouté un second frontispice copié sur le premier, et où se lit l'inscription : *Mundus juid tezibi*.

1402. **Millot** (l'abbé). Mémoires politiques et militaires, pour servir à l'histoire de Louis XIV et de Louis XV, composés sur les pièces originales recueillies par Adrien-Maurice, duc de Noailles, maréchal de France et ministre d'Etat. *Paris, Moutard*, 1777, 6 vol. in-12, veau fauve, dos sans nerfs orné à la Padeloup, fil. sur les plats, dent. int., tr. dor. (*Rel. anc.*).

1403. **Mirabeau** (comte de). Sur moses mendelssohn, sur la réforme politique des Juifs et en particulier, sur la révolution tentée en leur faveur en 1753 dans la Grande-Bretagne. *Londres*, 1787, in-8, cart. anc. — Observations d'un voyageur anglois sur la maison de force appelée Bicêtre... *S. l.*, 1788, in-8, cart. anc. — Histoire secrète de la cour de Berlin, ou correspondance d'un voyageur français... *S. l.* (Alençon), 1789, 2 vol. in-8, cart. mod. — Aux Bataves sur le stathoudérat. *S. l.*, 1788, in-8, front. gr., broché. — Des lettres de cachet et des prisons d'Etat. *Hambourg*, 1782, 2 vol. in-8, demi-rel. veau, tr. rouges. — Vie privée de H.-G. Riquetti, comte de Mirabeau... *Paris*, 1791, in-8, cart. demi-vélin blanc, non rog. — Ens. 8 vol.

1404. **Mirabeau** (Victor) Riquetti, marquis de). Lettres sur la législation, ou l'ordre légal, dépravé, rétabli et perpétué par L. D. H. (L'ami des hommes). *Berne, chez la Société typographique*, 1775, 3 vol. in-12, brochés.

Edition originale. — Exemplaire non rogné.

1405. **Molière**. Œuvres de Molière, avec des rémarques grammaticales, des avertissemens et des observations sur chaque pièce, par M. Bret. *A Paris, par la Compagnie des Libraires associés,* 1788, 6 vol. in-8, titres r. et n., bas. noire, dos sans nerfs orné avec pièces de couleur, tr. marb. (*Rel. anc. restaurée*).

Première réimpression de l'édition de 1773 ; elle renferme le portrait d'après Mignard, gravé par Cathelin et les 33 figures de Moreau le jeune, gravées par Baquoy, De Launay, Duclos, De Ghendt, etc. Qq. mouillures ou petites taches ; qq. ff. jaunis au tome IV.)

1406. **Moncrif**. Les chats [par F.-A. Paradis de Moncrif]. *A Paris, chez Gabriel-François Quillau fils,* 1727, in-8, mar. bleu, dos orné, comp. de fil. avec fer représentant un chat, aux angles, dent. int., tr. jasp. (*Henry-Joseph*).

Ouvrage illustré de 9 figures originales, dont 2 pliées, par Charles Coypel, gravées à l'eau-forte par le comte de Caylus, et d'une vignette représentant le *Dieu Pet*. L'une des figures représente une dame dictant à un tabellion ses dernières volontés au sujet de son chat assis sur son lit.

1407. **Monod** (le R. P.). Recherches historiques sur les alliances royales de France et de Savoye : où sont monstrées plusieurs admirables rapports de ces deux maisons et déduictes dix-neuf alliances qui iusques à maintenant ont esté entre icelles. *A Lyon chez Pierre Rigaud,* 1621, pet. in-4, vélin blanc, tr. jasp. (*Rel. anc.*).

Le Père Monod, jésuite, était un Savoyard né à Bonneville en 1586. Confesseur de Christine, duchesse de Savoie et sœur de Louis XIII, il eut sur elle un grand empire. Lors des négociations d'alliance entre la Savoie et la France, il fut député à Paris, mena des intrigues contre Richelieu, qui le fit emprisonner à Pignerol, d'où il s'évada pour être repris et enfermé à Miolans, où il mourut (1644).

1408. **Montaigne**. Les Essais de Michel, seigneur de Montaigne, donnez sur les plus anciennes et les plus correctes éditions ; augmentez de plusieurs lettres de l'auteur, et où les passages grecs, latins et italiens sont traduits plus fidèlement... Avec des notes et des nouvelles tables des matières par Pierre Coste. *A Paris, par la Société,* 1725, 3 vol. in-4, portr. gr. par Chereau, veau marb., dos orné, tr. rouges. (*Rel. anc.*).

Une des meilleures éditions et la seconde donnée par Coste ; elle renferme d'importantes additions dues à Gueullette et Jamet l'aîné.

1409. **Montaigne.** Journal du voyage de Michel de Montaigne en Italie, par la Suisse et l'Allemagne, en 1580 et 1581, avec les notes par M. de Querlon. *A Rome, et se trouve à Paris, chez Le Jay*, 1774, in-4, cart. mod., tr. jasp.

Exemplaire sur papier de Hollande. — Portrait de Montaigne, gravé par Aug. de Saint-Aubin, remonté, ajouté.

1410. **Montesquieu.** Considérations sur les causes de la grandeur des Romains et de leur décadence. *Amsterdam, J. Desbordes*, 1735, in-12 de 2 ff. pour le titre et la table, 277 pp. et 3 pp. pour le privilège, cart. bradel perc. olive, tr. rouges. (*Henry-Joseph*).

Edition restée inconnue à M. Rochebilière ; elle est semblable comme texte et collation à celle publiée à Paris, chez Huart, en 1734 et décrite à son catalogue sous le n° 785 ; elle présente les mêmes fautes et ne contient pas le passage sur le suicide.

1411. **Montesquieu.** De l'esprit des loix ou du rapport que les loix doivent avoir avec la constitution de chaque gouvernement, les mœurs, le climat, la religion, le commerce, etc. *A Genève, chez Barillot et fils, s. d.* (1748), 2 vol. in-4, veau marb., dos orné, fil. sur les plats, tr. rouges. (*Rel. anc.*).

Edition originale.

1412. **Montesquieu.** Lettres familières du président de Montesquieu, baron de La Brède, à divers amis d'Italie. *S. l. n. d.* (Florence, 1767), in-12 de 2 ff. pour le front. et le titre gravé et 264 pp. chiff., parch. blanc, tr. marb. (*Rel. anc.*).

Edition originale, contenant, seule, les 3 lettres contre Mme Geoffrin, qui avait accusé le comte de Guasco d'être un espion.

1413. **Montesquieu.** Lettres familières du président de Montesquieu, baron de la Brède, à divers amis d'Italie. *S. l.*, 1767, in-12, cuir de Russie, tête dor., *non rogné.*

Edition renfermant le même texte que celle publiée sans indication de lieu, ni de date, mais avec une collation différente ; elle comporte 285 pp., y compris le titre, et contient, de même que l'autre édition, les lettres n°s 54, 55 et 57, dirigées contre Mme Geoffrin.
Exemplaire non rogné. — Ex-libris Julien Félix.

1414. **Montesquieu.** Réunion de 4 ouvrages relatifs à son *Esprit des loix*, reliés.

I. Mémoires pour servir à l'histoire des sciences et des beaux-arts.

Janvier 1750, in-18, veau anc. — II. Réponse aux observations sur l'*Esprit des loix* (par Risteau, négociant à Bordeaux). *S. l.*, 1751, in-12, cart. anc. — III. Critique de l'*Esprit des loix* (par l'abbé de La Roche). *Genève*, 1753, in-8, cart. anc., non rog. — Pièces pour et contre l'*Esprit des loix*, en trois parties. *Genève*, 1752, pet. in-8, vélin blanc anc.

1415. **Montesquieu**. Le Temple de Gnide. *A Londres*, 1738. — Les âmes rivales, histoire fabuleuse (par Moncrif). *Id.*, 1738. — Mysis et Glaucé, poème en trois chants, traduit du grec (par l'abbé Seran de la Tour). *A Genève*, 1748. — Ens. 3 ouvr. en 1 vol. pet. in-12, veau marb., dos orné, tr. rouges. (*Rel. anc.*).

1416. **Montesquieu**. Le Temple de Gnide. *A Parme, imprimé par Bodoni*, 1799, in-12, cart. anc., non rog.

Jolie impression.

1417. **Monvel**. Frédégonde et Brunéhaut, roman historique. *A Londres, et se trouve à Paris, chez la veuve Duchesne*, 1775, in-8, veau éc., dos orné, fil. et armoiries dor. sur les plats, dent. int., tr. dor. (*Rel. anc.*).

Premier tirage. — Orné d'une figure et d'une vignette par Duplessi-Bertaux, gravées par Thérèse Martinet.

Monvel, acteur de la Comédie-Française et auteur dramatique, était le père de Mlle Mars.

1418. **Moralistes anciens** (Collection des). *Paris, imp. de Didot l'aîné*, 1782-1795, 14 vol. in-18, cart. bradel perc., non rog. (*Henry-Joseph*).

Comprend : *Manuel d'Epictète*, 1 vol. — *Pensées de divers auteurs chinois*, 1 vol. — *Isocrate*, 1 vol. — *Caractères de Théophraste*, 1 vol. — *Entretiens de Socrate*, 2 vol. — *Pensées morales de Confucius*, 1 vol. — *Sentences de Théognis*, 1 vol. — *Apophthegmes des Lacédémoniens*, 1 vol. — *Pensées de Plutarque*, 2 vol. — *Apophthegmes des philosophes grecs*, 1 vol. — *Morale de Jésus-Christ* (1790), 2 vol.

Les 8 premiers volumes sont tirés sur papier fin et les 6 autres, sur papier vélin.

On y a joint, de la même collection, la *Morale de Sénèque*, 3 vol., veau éc., dos orné, tr. jasp. (*Rel. anc.*). et 3 vol. d'une imitation de cette collection faite à Genève en 1782-1783, dans le même format, bas. marb., dos orné, tr. marb. (*Rel. anc.*). — Ens. 20 vol.

1419. **Mozzi** (Marco-Antonio de). Discorsi sacri. *In Firenze per Piero Matini, stampatore*, 1717, in-4, mar. rouge, dos orné, fil. encadrant les plats, fleurons aux angles, doubl. et gardes de papier doré, tr. dor. (*Rel. anc.*).

Exemplaire portant, sur le titre, le cachet du Pape Clément XI, à qui l'ouvrage est dédié.

1420. **Muret** (Antoine). M. Antonii Mureti Opera omnia ex mss. aucta et emendata, cum brevi annotatione Davidis Ruhnkenii cujus praefatio praeposita est tomo IV. *Lugd.-Batav., apud Sam. et Joh. Luchtmans*, 1789, 4 vol. in-8, mar. rouge à long grain, fil. dor. sur le dos et les plats, dent. int., tr. dor. (*Rel. anc.*).

Exemplaire auquel on a ajouté des portraits et des feuilles intercalaires avec annotations manuscrites de l'époque.

1421. **Necker**. Sur le compte rendu au roi en 1781. Nouveaux éclaircissemens, par M. Necker. *A Paris, Hôtel de Thou, rue des Poitevins*, 1788, in-4 de 284 pp., veau marb., dos sans nerfs orné, tr. rouges. (*Rel. anc.*).

On y a joint les deux pièces suivantes, en feuilles.

I. Lettre d'un anglois à Paris. *Londres*, 1787, in-8 de 21 pp., en faveur des projets Necker ;

II. Mémoire justificatif de Necker où est reproduite toute la correspondance de celui-ci avec le roi et avec Calonne, pet. in-8 de 107 pp., sans titre.

1422. **Newton**. An Account of sir Isaac Newton's philosophical discoveries, in four books, by Colin Maclaurin, A. M. Published from the author's manuscript papers, by Patrick Murdoch. *London, printed for the author's children and sold by A. Millar, and J. Nourse, etc.*, 1748, in-4, veau brun jaspé, bande de veau fauve encadrant les plats, ornem. à froid, tr. jasp. (*Rel. anglaise anc.*).

Edition originale de ce livre célèbre, qui fut traduit en français dès son apparition et eut un grand nombre d'éditions en Angleterre. — Planches gravées hors texte.

Bel exemplaire sur grand papier, provenant de la Bibliothèque du château de Valençay, avec ex-libris.

1423. **Nicole** (Pierre). Instructions théologiques et morales sur les sacremens, par feu M. Nicole. *A Paris, et se vend à Liège, chez Broncart*, 1701, 2 vol. pet. in-12, veau brun, dos orné, tr. jasp. (*Rel. anc.*).

Edition originale. (Légères mouillures).

1424. **Nieuwentyt** (Bernard). L'existence de Dieu démontrée par les merveilles de la nature, en trois parties, où l'on traite de la structure du corps de l'homme, des élémens, des astres, et de leurs divers effets (traduite de l'anglais par Noguez). *Paris, J. Vincent*, 1725, in-4, veau marb., dos orné, tr. rouges. (*Rel. anc.*).

Première édition française de cet ouvrage qui servit à Châteaubriand pour son *Génie du Christianisme* (Cf. livre V, chap. III).
Ex-libris du baron de Gérando.

1425. **Nogaret** (Félix). Le Fond du sac, ou restant des babioles de M. X***, membre éveillé de l'Académie des Dormans. *A Venise, chez Pantalon-Phébus* (Paris, Cazin), 1780, 2 tom. en 1 vol. in-18, veau fauve, fil. sur le dos et les plats.

Premier tirage de ce recueil de contes et pièces fugitives, en prose et en vers, orné d'un frontispice et 9 jolies vignettes signées D. (Durand).
Exemplaire ayant appartenu à Félix Nogaret, portant, au verso du titre, au-dessous d'une première note raturée, suivie de sa signature, la note suivante : « *L'X. que l'on voit au titre et qui laisse à deviner l'auteur, a fait croire longtemps que cette babiole était du crud de M.* Ximenès *qui, ne me connaissant pas, a quelquefois laisse le monde dans l'erreur. C'était faire mon éloge puisque M. Ximenès jouit d'une réputation méritée* ». Deux corrections ms. de l'auteur aux pp. 62 et 112.

1426. **Nouvelles libertés de penser.** *A Amsterdam* [*Paris, Piget*], 1743, in-12, mar. rouge, dos orné, fil., tr. dor. (*Rel. anc.*).

Ce recueil rare contient :
I. Réflexions sur l'argument de Pascal et de Locke concernant la possibilité d'une vie à venir [par Fontenelle]. — II. Sentimens des philosophes sur la nature de l'âme [par J.-B. de Mirabeau]. — III. Traité de la liberté [par Fontenelle]. — IV. Réflexions sur l'âme et sur l'existence de Dieu. — V. Le Philosophe [par Du Marsais].

1427. **Novum Jesu-Christi Testamentum**, ad exemplar vaticanum accurantè revisum. *Parisiis, typis Barbou*, 1785, in-12, mar. bleu à long grain, dos orné, fil., tr. dor. (*Rel. romantique*).

Orné d'une figure par Gravelot gravée par de Longueil et d'une carte gravée repliée hors texte.

1428. **Novum Testamentum** graece. Textum ad fidem codicum versionum et patrum recensuit et lectionis varietatem adjecit D. Jo. Jac. Griesbach. — Editio secunda emendatior multoque locupletior. *Londini, apud Petr. Elmsly, et Halae Saxonum, apud J.-J. Curtii haeredes*, 1796-1806, 2 vol. in-4, cuir de Russie, dos orné, fil. dor. sur les plats et à l'int., tr. dor. (*Rel. anglaise anc.*).

La meilleure édition de ce magnifique ouvrage ; la première avait paru à Halle en 1775.
Un des 50 exemplaires sur grand papier, que le duc de Grafton fit tirer à ses frais, pour faire des présents ; celui-ci porte l'ex-libris d'un Potemkin, parent du célèbre favori de l'impératrice Catherine II de Russie.

1429. **Ovide.** Métamorphoses d'Ovide en rondeaux (par Isaac Benserade), imprimez et enrichis de figures par ordre de Sa Majesté, dédiez à Mgr le Dauphin. *Amsterdam, Wetstein*, 1714, 2 tom. en 1 vol. pet. in-8, chag. rouge, dos orné, fil., dent. int., tr. dor. (*Rel. mod.*).

2 frontispices signés Wandelaar et 225 figures à mi-page, gravés sur cuivre. (Qq. rousseurs ; petites taches à un coin de 2 ff.).

1430. **Palissy** (Bernard). Œuvres, revues sur les exemplaires de la Bibliothèque du roi, avec des notes par MM. Faujas de Saint-Fond et Gobet. *Paris, Ruault*, 1777, in-4, veau marb., dos orné, tr. marb. (*Rel. anc.*).

L'épitre dédicatoire à Franklin manque, comme à presque tous les exemplaire. — Portraits ajoutés.

1431. **Patru.** Œuvres diverses de M. Patru, de l'Académie Françoise, contenant ses plaidoyers, harangues, lettres et vies de quelques-uns de ses amis. — Quatrième édition. *Paris, Gandouin*, 1732, 2 vol. in-4, veau gran., dos orné, tr. rouges. (*Rel. anc.*).

1432. **Pellisson.** Histoire de l'Académie françoise, depuis son établissement jusqu'à 1652, par M. Pellisson. Avec des remarques et des additions. 1 vol. — Histoire de l'Académie françoise depuis 1652 jusqu'à 1700, par M. l'abbé d'Olivet. 1 vol. *A Paris, chez Jean-Baptiste Coignard fils*, 1729, 2 vol. in-4, veau porph., dos orné, tr. jasp. (*Rel. anc.*).

Edition peu commune de cet excellent morceau d'histoire littéraire.

1433. **Penn** (Guillaume). Histoire abrégée de l'origine et de la formation de la société dite des Quakers, où sont exposées clairement leur principe fondamental, leur doctrine, leur culte, leur ministère, et leur discipline, précédée d'une introduction où il est traité en peu de mots des dispensations antérieurs de Dieu aux hommes. Nouvellement traduit de l'anglois par Edmond P. Bridet. *Londres*, 1790, in-18, bas. gren. (*Rel. anc.*).

Rare.

1434. **Perrault** (Charles). Histoires ou contes du tems passé, avec des moralités ; par M. Perrault. Nouvelle édition augmentée d'une nouvelle, à la fin. *A La Haye*, 1742, in-12, mar. bleu, dos orné, fil. sur les plats, dent. int., tr. dor. (*Lortic fils*).

Premier tirage de cette édition recherchée, ornée d'un frontispice et 8 charmantes vignettes par De Sève, gravées par Fokke. — Joli exemplaire.

1435. **Phèdre.** Phædri fabulæ, L. Annæi Senecæ, ac Publii Syri sententiæ. *Aureliæ, sumph. Couret de Villeneuve*, 1773, pet. in-24, mar. rouge jans., doubl. et gardes de soie cerise, dent. int., tr. dor., étui (*Gruel*).

Charmante édition, imprimée en caractères fins.
Au v° du titre, ex-libris Ch. Fierville.

1436. **Piron.** La Métromanie ou le poète, comédie en vers et en cinq actes. *Paris, Le Breton*, 1738, in-8, mar. rouge, dos orné, fil. sur les plats avec fleurons aux angles, dent. int., tr. dor. (*Chambolle-Duru*).

Edition originale. — Portrait de Piron gravé par Duhamel, ajouté.

1437. **Piron.** Œuvres (dramatiques) d'Alexis Piron, avec figures en taille douce d'après les desseins de M. Cochin. *Paris, Duchesne*, 1758, 3 vol. in-12, veau éc., dos orné, fil. avec fleurons aux angles, sur les plats, dent. int., tr. dor. (*Rel. anc.*).

Premier tirage. — Edition ornée de 1 frontispice et 6 figures par Cochin, gravés par Sornique et Flipart. — Portrait gravé par Aug. de Saint-Aubin, ajouté. (Les coins et les coiffes des reliures sont fatigués.)

1438. **Platon.** Loix de Platon, par le traducteur de la *République* (l'abbé Jean Grou). *Amsterdam, M.-M. Rey*, 1769, 2 vol. in-12, fleurons grav., mar. La Vallière, fil. à froid sur le dos et les plats, dent. int., tr. dor. (*Rel. mod.*).

Bel exemplaire.

1439. **Platon.** Parmenides sive de Ideis et uno rerum omnium principio Platonis Dialogus. Studio John. Gul. Thomson. *Oxonii, e theatro Sheldoniano*, 1728, gr. in-8, mar. rouge à long grain, comp. de fil. dor. sur le dos et les plats, fil. int., tr. dor. (*Rel. anc.*).

Bel exemplaire.

1440. **Pline**. Histoire de la peinture ancienne, extraite de l'Histoire naturelle de Pline, liv. XXXV, avec le texte latin, corrigé sur les mss. de Vossius et sur la première éd. de Venise, et éclaici par des remarques nouvelles (par David Durand). *Londres, Guill. Bowyer*, 1725. — Histoire naturelle de l'or et de l'argent, extraite de Pline le naturaliste, livre XXXIII, avec le texte latin... et un poème sur la chute de l'homme et sur les ravages de l'or et de l'argent (par le même). *Ibid.*, *id.*, 1729. — Ens. 2 vol. pet. in-fol., veau marb. jans., dent. int., tr. dor. (*Rel. mod.*).,

Editions rares, ornées chacune d'un beau frontispice gravé. — Beaux exemplaires.

1441. **[Pline le Jeune]**. Œuvres de M. de Sacy, de l'Académie françoise ; contenant les Lettres de Pline le jeune, le Panégyrique de Trajan, par le même Pline, et le Traité de l'Amitié. Nouvelle édition, revue et corrigée par l'auteur. *A Paris, par la compagnie des libraires*, 1722, in-4, veau marb., dos orné, fil., tr. dor. (*Rel. anc.*).

1442. **Pline le jeune**. C. Plinii Cæcilii secundi Epistolarum libros decem, cum notis selectis varior., ex recensione et cum animadvers. Gottl. Cortii et P.-D. Longolii. *Amsterdam*, 1734, fort vol. in-4, front. et fleuron grav., veau fauve, dos orné, fil. sur les plats, dent. int., tr. dor. (*Rel. anc.*).

1443. **Pluche**. Histoire du Ciel, considéré selon les idées des poètes des philosophes et de Moïse ; où l'on fait voir l'origine du ciel poétique, la méprise des philosophes sur la fabrique du ciel et de la terre, la conformité de l'expérience avec la seule physique de Moïse. *A La Haye, chez Jean Neaulme*, 1740, 2 vol. in-12, vélin blanc, tr. jasp. (*Rel. anc.*).

Frontispice, et nombreuses planches, gravés. — Le bas du titre du tome I est coupé ; qq. mouillures.

1444. **Poggiana**, ou la vie, le caractère, les sentences et les bons mots de Pogge Florentin, [par J. Lenfant] avec son Histoire de la République de Florence et un supplément de diverses pièces importantes. *A Amsterdam, chez Pierre Humbert*, 1720, 2 tom. en 1 vol. in-12, portrait gr., demi-rel. mar. rouge avec coins, dos orné, fil., tête dor., non rog. (*Bauzonnet*).

Bel exemplaire.

1445. **Poésie** (La) et la philosophie d'un turc à 81 queues, à 3 plumes de héron, à 2 aigrettes, et à 1 collier d'émeraudes. *A Albanopolis, aux dépens de l'auteur. Le tout se vend au profit des pauvres*, 1779, in-12, veau marb., dos orné, dent. sur les plats et à l'int., tête dor., non rog. (*Richardot*)

Suivant Barbier, l'auteur de cet ouvrage est le prétendu prince Castriotto d'Albanie, onzième petit-fils du grand Scanderberg, imposteur dont le véritable nom était Stéphano Zannowich. — Bel exemplaire non rogné.

1446. **Poncelin de la Roche-Tilhac.** Chef-d'œuvres (*sic*) de l'antiquité sur les beaux-arts, monuments précieux de la religion des Grecs et des Romains... tirés des principaux cabinets de l'Europe. *Paris*, 1784, 2 tom. en 1 vol. in-fol., veau gran., dos orné, fil. et encadr. dor. sur les plats, dent. int., tr. dor. (*Rel. anc.*).

80 planches, numétotées de 1 à 81, (les nos 2 et 3 sur la même pl.), gravées par Bernard Picard, sauf les dernières qui sont exécutées par Ransonnette, déjà utilisées dans l'ouvrage de Stosch. — Très bon exemplaire bien complet.

1447. **Postel** (Guillaume). La Loy salique. Livret de la première humaine vérité, là où sont en brief les origines et auctoritez de la Loy gallique nommée communément salique, pour monstrer à quel point fauldra necessairement en la Gallique République venir : et que de ladicte République sortira ung Monarche temporel par Guillaume Postel. *Suivant la copie de* 1552. *A Paris, chez Lamy*, 1780, in-16, demi-rel. veau fauve, dos orné, non rog.

Réimpression à très petit nombre de l'édition originale, fort rare, de 1552.

Exemplaire de M. A. de Beauchesne, avec son chiffre au dos de la reliure. On lit en tête du volume, sur les deux feuillets de garde, une poésie autographe de A. de Beauchesne, sur Guillaume Postel, et, à la fin, une note biographique.

On y a joint :

Guillelmi Postelli De Universitate libri duo : in quibus Astronomiæ, etc. *Lugd. Batav., ex off. Maire*, 1635, in-16, portr. gravé, vélin blanc, tr. bleues. (*Rel. anc.*).

1448. **Prévost** (L'abbé). Aventures du chevalier des Grieux et de Manon Lescaut, par M. de ***, auteur des Mémoires d'un homme de qualité. *A Londres, chez les frères Constant*, 1734, in-12, veau brun, dos orné, tr. rouges. (*Rel. anc.*).

La deuxième des éditions connues, sous son titre définitif, du chef-d'œuvre de l'abbé Prévost ; elle est ornée d'un frontispice gravé, non signé.

1449. **Prévost** (l'abbé). Histoire du chevalier des Grieux et de Manon Lescaut. *A Amsterdam, aux dépens de la Compagnie*, 1756, 2 tom. en 1 vol. in-12, mar. citron, dos orné, fil., dent. int., tr. dor. (*Veuve Brany*).

Second tirage de cette jolie édition, recherchée pour ses illustrations qui comprennent 8 charmantes figures par Gravelot et Pasquier, gravées par Le Bas ; vignette gravée en tête de chaque volume.

Bel exemplaire de la bonne édition sous cette date, avec le fleuron du titre du 1er volume représentant un petit paysage. (Cf. Harrisse, *Bibliogr. de Manon Lescaut*, 2e éd., pp. 66-67).

1450. **Prévost** (l'abbé). Mémoires et avantures d'un homme de qualité qui s'est retiré du monde. *A Paris, aux dépens de la Compagnie*, 1731, 7 tom. en 3 vol. pet. in-12, veau marb., dos orné, tr. jasp. (*Rel. anc.*).

Edition appelée *édition B* par Harrisse qui la décrit à la p. 11 de sa *Bibliographie de Manon Lescaut*. Elle copie ligne pour ligne l'*édition A* qui porte la rubrique d'Amsterdam et la même date de 1731 et dans laquelle se trouve l'édition originale de *Manon Lescaut*. Très rare.

Excellent exemplaire. — Haut. : 135 mill.

1451. **Psaumes de David** (les) mis en vers, revus et approuvés. — Nouvelle édition, où la musique est très exactement corrigée. *Lausanne et Moudon, chez la Société typogr.*, 1778, pet. in-12, chag. noir (chien de mer), plats couverts d'orn. à froid, tr. dor. fermoirs d'argent ciselé. (*Rel. anc.*).

Edition renfermant la musique, notée en plain-chant, de tous les psaumes.

Curieuse reliure ornée d'une composition florale estampée à froid, sur un fond de pointillé également à froid. (Déchirure à 2 ou 3 ff. ; piqûres de ver).

1452. **Quillet**. Cl. Quilleti Callipaedia, seu De pulchrae prolis habendae ratione, poema didacticon ; cum uno et altero eiusdem autoris carmine. Iuxta exemplar excusum. *Parisiis, apud Thomam Joly* [*Leipzig, Th. Fritsch*], 1709, pet. in-8, veau fauve, dos orné, tr. rouges. (*Rel. anc.*).

Bonne édition de ce poëme latin. — Mouillures.

1453. **Quinte-Curce**. De rebus gestis Alexandri magni regis Macedonum, libri superstites, cum omnibus supplem. variantibus lectionib. commentariis, ac notis perpetuis Fr. Modii et varior. curavit et digessit Hens. Snakenburg. *Delphis et Lugd.-Batav.*,

1724, fort vol. pet. in-4, pl. grav., vélin blanc, dos orné, comp. de fil. sur les plats, tr. rouges, attaches de ruban. (*Rel. anc.*).

Edition estimée. — Bel exemplaire aux armes de la ville de Nimègue.

1454. **Racine.** Le Banquet de Platon. Traduit un tiers par feu M. Racine, de l'Académie Françoise, et le reste par Mme de *** (Marie-Madeleine-Gabrielle de Rochechouart, abbesse de Fontevrault et sœur de Mme de Montespan). *Paris, P. Gandouin*, 1732, in-12 de x pp. prélim. ch., 1 f. n. ch. pour le privilège et 132 pp. ch., cart. bradel perc. rouge (*Lemardeley*).

Edition originale.
La traduction de Racine, qui s'arrête à la p. 48, est précédée d'une très curieuse lettre à Boileau, insérée dans l'*Avertissement.*
Bel exemplaire grand de marges. — Haut. : 161 mill.

1455. **Racine.** Œuvres de Racine. *A Paris*, 1760, 3 vol. in-4, veau marb., dos orné, tr. rouges. (*Rel. anc.*).

Premier tirage. — 1 portrait par Daullé, 3 fleurons sur les titres, 12 figures, 13 vignettes et 60 culs-de-lampe, tous par de Sève, gravés par Aliamet, Baquoy, Chevillet, Flipart, Legrand, Lemire, Lempereur, Sornique et Tardieu. (Un morceau enlevé au haut du titre de chaque volume).

1456. **Racine.** Œuvres de Jean Racine. — Nouvelle édition, plus correcte et plus ample que toutes les précédentes. *Paris, par la Compagnie des Libraires*, 1767, 3 vol. in-12, veau marb., dos orné, tr. rouges. (*Rel. anc.*).

Premier tirage de cette édition, ornée d'un portrait par Cathelin d'après Santerre, 3 en-têtes et 12 figures, réductions de celles de l'édition de 1760, par de Sève, gravées par Bréant, Fessard, Legrand et Massard. (Cachet sur le titre de chaque volume).

1457. **Racine.** Théâtre de Jean Racine. *Paris, de l'imp. de Didot l'aîné*, 1784, 4 vol. in-18, mar. rouge à long grain, dos sans nerfs orné, fil. et armoiries sur les plats, dent. int., tr. dor. (*Rel. anc.*).

De la *Collection des Auteurs classiques françois et latins, imprimée pour l'éducation du Dauphin.*
Exemplaire sur papier vélin dans une excellente reliure de Bozérian, avec son étiquette manuscrite sur la garde du 1er volume.

1458. **Relation** de l'origine, du progrès et de la condamnation du quiétisme répandu en France, avec plusieurs anecdotes curieuses (par l'abbé Jean Phelypeaux, grand vicaire de Bossuet).

S. l. (Sainte-Menehould), 1732, 2 part. en 1 vol. in-12, veau gran., dos orné tr. jasp. (*Rel. anc.*).

Edition originale de cet ouvrage qui fut supprimé par un jugement de police et un arrêt du conseil. L'imprimeur et trois de ses ouvriers, saisis à Ste-Menehould, furent traînés à Paris et jetés à la Bastille. Après une détention de près d'un an, ils furent ramenés à Ste-Menehould, attachés au carcan, puis bannis pour trois ans, après paiement d'une forte amende. Le matériel de l'imprimerie fut confisqué et ses livres lacérés et brûlés par la main du bourreau. (Cf Barbier, Dict des ouvr. anonymes, IV, 211-212).

1459. — *Le même ouvrage*, autre édition également sans indication de lieu, datée de 1732, in-12, demi-rel. veau brun, tr. rouges. (*Rel. anc.*).

1460. **Révolution Française**. Réunion de 10 pièces publiées pour la plupart à Rennes, en 1 vol. in-12, bas. fauve, dos orné, bord. sur les plats, tr. dor. (*Rel. anc.*).

Contient : La Constitution française, présentée au roi par l'Assemblée Nationale.... *Rennes*, 1791, 46 pp. — Réponse de M. l'évêque de Pistoie et Prato sur les questions relatives à l'état actuel de l'Eglise de France. *S. l. n. d*, (*Rennes*, 1791), 7 pp. — Observations... sur la constitution civile du clergé... *Id.*, 1791, 19 pp. — Définitions utiles dans l'affaire actuelle du clergé. *S. l. n. d.*, 7 pp. — Lettre d'un curé de village. *S. l. n. d.*, 7 pp. — Etc.

1461. **Riti** (i) nuziali degli antichi Romani per le nozze di S. E. don Giovanni Lambertini con S. E. donna Lucrezia Savorgnan. *S. l. n. d.* (Bologne, 1762), in-fol., cart.

1 frontispice, 1 grande figure avec les portraits et les armoiries des deux époux, 2 lettres ornées, 10 grands en-têtes d'après des bas-reliefs antiques et 10 culs-de-lampe, dessinés et gravés par des artistes italiens. (Mouillures).

On y a joint : Parentalia Mariae Clementinae Magn. Britan. Franc. et Hibern. Regin. jussi Clementis XII. Pont. Max. (*Rome*), 1736, in-fol., front. et vign. gravés, vélin blanc anc. (L'exempl. est dérelié ; nombreuses cassures et raccomm.).

1462. **Rochefort** (la comtesse de). Opuscules de divers genres par Madame la comtesse de Rochefort, depuis duchesse de Nivernois. *A Paris, de l'imp. de Didot l'aîné*, 1784, in-18, pap. vélin, mar. rouge à long grain, dos sans nerfs, fil. sur le dos et les plats, dent. int., tr. dor. (*Rel. anc.*).

Très rare ouvrage tiré seulement à 50 exemplaires, dit Brunet.

1463. [**Rousseau** (J.-B.)]. Mémoire pour servir à l'histoire des couplets de 1710, attribués faussement à M. Rousseau. *Bru-*

xelles, 1752, pet. in-12, veau marb., dos orné, tr. rouges. (*Rel. anc.*).

Curieux écrit à la suite duquel se trouvent 4 feuillets repliés, reproduisant les fameux couplets, dans lesquels les mots ou noms retranchés ont été rétablis à la main.

Exemplaire ayant appartenu à Sainte-Beuve, avec sa signature sur le feuillet de garde, et des notes de sa main en marge des couplets.

1464. **Rousseau** (J.-B.). Les Œuvres choisies du sieur Rousseau, contenant ses poésies, augmentées dans cette dernière édition de beaucoup de pièces qui n'avoient jamais été imprimées. *Rotterdam, Fritsch et Bohm*, 1721, 2 vol. pet. in-12, veau marb., dos orné, tr. marb. (*Rel. anc.*).

On y a joint : Anti-Rousseau, par le poète sans fard (Gacon). *Ibid., id.*, 1712, in-12, front. gr. d'après Bern. Picart, veau anc. — Mémoires pour servir à l'histoire du célèbre Rousseau où l'on prouve que les fameux couplets, qui lui ont été faussement attribuez, sont réellement de La Motte, Saurin et Malafer (par Boindin). *Bruxelles*, 1753, in-18, veau anc. — Ens. 4 vol.

1465. **Rousseau** (J.-B.). Œuvres diverses du sieur R***. *A Soleure, chez Ursus Heuberger*, 1712, pet. in-12, demi-rel. mar. olive avec coins, dos orné, tr. rouges. (*Pierson*).

Edition originale.

On y a joint, du même auteur : Epitres nouvelles du s^r Rousseau. *Paris, Rollin fils*, 1736, in-12 de 45 pp., toile noire. (*Edition originale des VIIe, VIIIe et IXe épitres*). — Œuvres diverses de M. Rousseau... Tome III. *Londres*, 1731, in-18, vélin blanc mod. (Ce volume renferme les fameux couplets satiriques et la plupart des épigrammes libres).

1466. **Rousseau** (J.-B.). Œuvres diverses de M. Rousseau. Nouvelle édition revûe, corrigée et augmentée par lui-même. *A Londres, aux dépens de la Compagnie*, 1731, 3 vol. in-18, veau porph., dos orné, fil., dent. int., tr. jasp. (*Rel. anc.*).

Jolie édition dont le 3e volume renferme les fameux couplets et la plupart des épigrammes libres. — Portrait gravé par Hopwood, sur Chine monté, ajouté.

1467. **Rousseau** (J.-J.). Jean-Jacques Rousseau, citoyen de Genève, à Christophe de Beaumont, archevêque de Paris (précédé de l'arrêt du Parlement et du mandement de l'archevêque de Paris portant condamnation de l'*Emile*). *Amsterdam, M.-M. Rey*, 1763, xlij-148 pp. — J.-J. Rousseau, citoyen de Genève, à J.-F. de Montillet, archevêque d'Auch. *S. l. n. d.* (1764), 22 pp. — Lettre de M. Rousseau, de Genève, à M*** (datée de

Motiers, 28 mai 1764), 6 pp. — Ens. 3 pièces en 1 vol. in-12, veau marb., dos orné, tr. jasp. (*Rel. anc.*).

Editions originales.
On a relié à la suite la copie manuscrite, en 13 pp., d'un extrait des Actes de l'Assemblée générale du clergé de France de 1765, condamnant divers ouvrages de Rousseau, Voltaire, Helvétius, etc.

1468. **Rousseau** (J.-J.). Citoyen de Genève, à M. d'Alembert... sur son article *Genève* dans le VIIe volume de l'*Encyclopédie* et particulièrement, sur le projet d'établir un théâtre de comédie en cette ville. *Amsterdam, M.-M. Rey*, 1758, in-8, veau marb., dos orné, bord. dor. sur les plats et à l'int., tr. dor. (*Richardot*).

Edition originale. (Qq. mouillures).

1469. **Rousseau** (J.-J.). Les Confessions de J.-J. Rousseau (livre I à VI). *Londres*, 1782, 2 vol. in 12, veau fauve, dos orné, fil., dent. int., tr. rouges. (*Rel. anc.*).

On y a joint : Censure de la Faculté de théologie de Paris contre le livre qui a pour titre : Emile ou de l'Education. *Paris, Le Prieur*, 1762, in-8, veau marb., tr. rouges. (*Rel. anc.*).

1470. **Rousseau** (J.-J.). Les Confessions de J.-J. Rousseau, suivies des Rêveries du promeneur solitaire. *Genève*, 1782-1789, 4 vol. in-8, demi-rel. veau fauve avec coins, tr. jaunes. (*Rel. anc.*).

Edition originale. Très rare.
Les *Rêveries* forment une partie séparée de 295 pp., à la suite du VIe livre des *Confessions*. — Très bon exemplaire, sauf une petite tache à un angle des 3 ou 4 derniers ff. du tome II.

1471. **Rousseau** (J.-J.). Discours qui a remporté le prix à l'Académie de Dijon, en l'année 1750, sur cette question... : *Si le rétablissement des sciences et des arts a contribué à épurer les mœurs.* Par un citoyen de Genève. *Genève, Barillot et fils, s. d.*, in-8 de 3 ff. prélim. et 66 pp. ch., cart. bradel perc. verte, tr. rouges. (*Pierson*).

Edition originale, ornée d'une figure par Daquoy. Rare.

1472. **Rousseau** (J.-J.). Discours sur l'origine et les fondemens de l'inégalité parmi les hommes, par Jean-Jacques Rousseau, citoyen de Genève. *Amsterdam, chez M.-M. Rey*, 1755, in-8, cart. bradel perc. olive, tr. rouges. (*Pierson*).

Edition originale, ornée d'un frontispice par Eisen, gravé par Sornique, d'un fleuron et d'un en-tête gravés.

1473. **Rousseau** (J.-J.). Du Contract social, ou principes du droit politique, par J.-J. Rousseau, citoyen de Genève. *Amsterdam, M.-M. Rey*, 1762, in-12, fleuron gravé, veau marb., dos orné, tr. rouges. (*Rel. anc.*).

Édition originale.

1474. **Rousseau** (J.-J.). Lettres de deux amans, habitans d'une petite ville au pied des Alpes, recueillies et publiées par J.-J. Rousseau. *Amsterdam, M.-M. Rey*, 1761, 6 vol. in-12, veau marb., dos orné, fil. sur les plats, tr. rouges. (*Rel. anc.*).

Édition originale illustrée de 12 figures de Gravelot, gravées par Aliamet, Choffard, Lemire, de Longueil et autres.

Exemplaire du second tirage, avec l'erreur de pagination corrigée à la 5e figure ; il présente quelques différences avec la collation indiquée par Jules Le Petit. C'est ainsi qu'on ne trouve pas de catalogue à la fin des 3 premiers volumes. La 5e partie comporte 308 pp. au lieu de 311, et la 6e, 293 pp. au lieu de 312. Le fleuron de titre, dont le cadre ornementé est retourné, est le même pour les 6 volumes. (Petites mouillures ; le faux-titre de la 1re partie manque).

1475. **Rousseau** (J.-J.). Lettres écrites de la montagne, par J.-J. Rousseau. *Amsterdam, M.-M. Rey*, 1764, 2 vol. in-8, fleuron gravé sur les titres, veau marb., dos orné, fil., tr. rouges. (*Rel. anc.*).

Édition originale.

1476. **Rousseau** (J.-J.). Lettres écrites de la Montagne ; par J.-J. Rousseau. *A Amsterdam, chez Marc-Michel Rey*, 1765, 2 part. en 1 vol. in-12, veau marb., dos orné, tr. rouges. (*Rel. anc.*).

Édition peu commune de cet ouvrage au sujet duquel une polémique s'engagea, à laquelle prirent part Voltaire, Tronchin, Sigorne, Claparède et Vernes.

On y a joint, du même auteur : Discours sur l'inégalité parmi les hommes. — Contrat social. — Discours sur l'économie politique, etc. *Ibid.*, *id.*, 1776, in-12, veau brun. (*Rel. mod.*). — Esprit, maximes et principes de J.-J. Rousseau. *Neuchâtel*, 1764, in-8, portr., veau marb. (*Rel. anc.*). — Ens. 3 vol.

1477. **Saint-Evremond** (Ch. Margotelle de Saint-Denys, sieur de). Les véritables œuvres de M. de Saint-Evremond, publiées sur les mss. de l'auteur. — Troisième édition. *Londres, J. Tonson*, 1707, 3 vol. in-12, portr. grav., veau brun, dos orné, tr. jasp. (*Rel. anc.*).

Cette édition reproduit, corrigé, le texte de l'édition des *Œuvres meslées* donnée l'année précédente à Amsterdam d'après celle de 1705 en 2 vol. in 4, due à Silvestre et des Maizeaux.

D'après une note ms. de l'époque, qui se trouve sur le feuillet de garde, cette édition aurait été imprimée à Rouen.

1478. **Saint-Evremond** (de). Œuvres meslées de M. de Saint-Evremont, publiées sur les manuscrits de l'auteur. Seconde édition reveüe, corrigée et augmentée de la vie de l'auteur. *A Londres, chez Jacob Tonson*, 1709, 3 vol. in-4, veau fauve, dos orné, fil., dent. int., tr. dor. (*Rel. anc.*).

Belle édition ; c'est une réimpression augmentée de celle de Londres, 1705, publiée sur les manuscrits de l'auteur par Silvestre et Des Maizeaux. — Portrait gravé.

Reliure de Padeloup.

1479. **Saint-Foix** (Poullain de). Histoire de l'Ordre du S. Esprit. *Paris*, 1767-1774, 4 vol. in-12, veau marb., dos orné, tr. rouges. (*Rel. anc.*).

2 portraits ajoutés, dont l'un gravé par Malœuvre d'après Pougain de Saint-Aubin.

1480. **Saint-Pierre** (Bernardin de). Etudes de la nature. — Quatrième édition, revue corrigée et augmentée. *Paris, de l'imp. de Monsieur, chez Didot*, 1791, 5 vol. in-12, front. et pl., mar. vert, dos sans nerfs orné, fil. et bord. dor. encadrant les plats, dent. int., tr. dor. (*Rel. anc.*).

Mouillures légères à qq. ff. du tome III.

1481. **Saint-Pierre** (Bernardin de). La mort de Socrate, drame, précédé d'un Essai sur les journaux et suivi d'un Discours académique. *Paris, imp. P. Didot l'aîné*, 1808, in-18, pap. vélin, demi-rel. veau brun, dos orné, non rog. (*Rel. romantique*).

Edition originale.

1482. **Sallengre**. Mémoires de littérature, par M. de S*** [de Sallengre]. *A La Haye, chez Henri du Sauzet*, 1715-1717, 4 tom. en 2 vol. pet. in-8, veau fauve, dos orné, tr. jasp. (*Rel. anc.*).

Ces Mémoires sont de A.-H. de Sallengre, gentilhomme hollandais qui n'avait que vingt ans, dit l'abbé d'Artigny, lorsqu'il en commença la publication. Ils se composent d'études critiques et historiques sur d'anciens ouvrages, et de la publication de pièces et d'extraits. — Frontispices et portraits gravés de Postel, Coster (premier imprimeur de Harlem), Pogge et Taregui Le Fèvre.

1483. **Scarron**. Œuvres. — Nouvelle édition, revue, corrigée et augmentée de l'*Histoire de sa vie et de ses ouvrages*, d'un *Discours sur le style burlesque* et de quantité de pièces omises dans les éditions précédentes. *Amsterdam, J. Wetstein*, 1752, 7 vol. pet. in-12, mar. orange, dos orné aux petits fers, comp. de fil. et bord. dor. sur les plats, dent. int., tr. dor. (*Lebrun*).

La plus jolie et la plus recherchée de toutes les éditions de Scarron ; elle est ornée de 1 portrait, 1 fleuron de titre, répété à chaque volume, et 6 frontispices par L.-F. Dubourg, gravés par Folkema.
Charmant exemplaire relié sur brochure.

1484. **Segrais** (J.-R. de). Œuvres de M. de Segrais. — Nouvelle édition, revûe et corrigée avec soin. *Paris, Durand*, 1755, 2 vol. pet. in-12, mar. rouge, dos sans nerfs orné, fil., dent. int., tr. dor. (*Rel. anc.*).

Réimpression sous un titre différent du *Segresiana* qui avait été saisi à la requête du duc de Noailles à cause de quelques passages où, selon lui, Mme de Maintenon n'était pas traitée avec assez de respect. Le tome Ier renferme la vie de l'auteur et des poésies, et le second, le Segresiana (sous le titre de *Mémoires anecdotes*), la Relation de l'isle imaginaire, la Princesse de Paphlagonie et l'Amour guéri par le tems.
Reliure de Derôme.

1485. **Senecé** (Antoine Bauderon, seigneur de). Epigrammes et autres pièces de M. de Senecé, avec un traité sur la composition de l'épigramme (publié par le P. du Cerceau). *Paris, Giffart*, 1717, in-12, veau marb., dos orné, tr. rouges. (*Rel. anc.*).

Edition originale.

1486. **Sermon** en faveur des cocus. *A Cologne, chez Pierre le Grand*, 1706, in-18 de 24 pp., y compris le 1er f. blanc (qui manque), le front. gravé et le titre, mar. citron, dos orné, fil. sur les plats, dent. int., tr. dor. (*Hardy*).

Charmant exemplaire.

1487. **Sévigné** (Mme de). Lettres de Mme Rabutin-Chantal, marquise de Sévigné, à Mme la comtesse de Grignan, sa fille. *La Haye, P. Gosse, J. Neaulme et Cie*, 1726, 2 vol. in-12, mar. bleu jans., dent. int., tr. dor. (*Gruel*).

Edition rare, contenant 43 lettres de plus que les précédentes ; chaque volume est terminé par quelques pages d'*Explications de quelques endroits des Lettres de Mme de Sévigné*. (Cf. Cat. Rochebilière, n° 675). — Bel exemplaire.

1488. **Sévigné** (Mme de). Lettres de Marie Rabutin-Chantal, marquise de Sévigné, à Mme la comtesse de Grignan, sa fille. *S. l.*, 1726, 2 tom. en 1 vol. in-12 de 1 f. blanc, 1 f. n. ch. pour le titre en rouge et noir et 271 pp. ch. pour le tome 1er ; 1 f. pour le titre en rouge et noir et 220 pp. ch. pour le tome II, mar. vert, dos orné, fil., dent. int., tr. dor. (*Duru*).

Edition rare, précédée d'une préface de Bussy-Rabutin et accompagnée de notes de Thiriot.
Exemplaire de Solar. (Cf. Cat. Rochebilière, n° 672).

1489. **Sévigné** (Mme de). Recueil de lettres choisies, pour servir de suite aux Lettres de Mme de Sévigné à Mme de Grignan, sa fille. *Paris, Rollin*, 1751, in-12 de 10 ff. prélim., y compris faux-titre et titre, 499 pp. ch. et 4 pp. n. ch. pour le privilège, veau marb., dos orné, tr. marb. (*Rel. anc.*).

Recueil de lettres du cardinal de Retz, de La Rochefoucauld, de Mme de La Fayette, etc. à Mme de Sévigné, de lettres de celle ci à diverses personnes et de lettres de M. et Mme de Coulanges ; il a été publié par les soins de Denis-Marius de Perrin, ami de Mme de Simiane. — Exemplaire très grand de marges. (Haut. : 167 mill.).

1490. **Sévigné** (Mme de). Lettres de Mme de S*** à M. de Pomponne. *La Haye, P. Gosse*, 1757, in-12 de 2 ff. prélim. et 67 pp. ch., mar. rouge foncé, dos sans nerfs orné, bord. dor. sur les plats, dent. int., non rog. (*Rel. mod.*).

Recueil de 11 lettres, fort intéressantes pour l'histoire du procès de Fouquet ; cette édition a l'avantage de présenter le texte intégral de la 9e lettre, dont un passage relatif à Berrier, fut supprimé dans les éditions françaises par ordre du lieutenant de police.
Exemplaire non rogné.

1491. **Sévigné** (Mme de). Lettres de Mme de Sévigné au comte de Bussy-Rabutin, tirées du Recueil des lettres de ce dernier, pour servir de suite au Recueil des lettres de Mme de Sévigné à Mme de Grignan, sa fille. *A Amsterdam, et se trouve à Paris, chez Delalain*, 1775, in-12 de 1 f. (titre), 2 pp. (avertissement du libraire), x pp. (extraits des lettres de Bussy-Rabutin) et 263 pp. ch., demi-rel. veau brun, dos orné, tr. jasp. (*Rel. anc.*).

Edition originale de ce recueil de 107 lettres et la première renfermant à part, séparées du reste de la correspondance de Bussy-Rabutin, les lettres que lui écrivit sa cousine.
Un des rares exemplaires renfermant en double le 1er feuillet du texte, présentant un titre de départ différent de celui du livre.

1492. **Swinden.** Recherches sur la nature du feu de l'Enfer et du lieu où il est situé. Traduit de l'anglois par M. Bion. *Amsterdam*, 1757, in-12, fig., demi-rel. veau brun, dos orné, tr. rouges. (*Rel. anc.*).

Curieux ouvrage dans lequel l'auteur développe les raisons qu'il a de situer l'enfer dans le soleil.

1493. **Swift.** Le Conte du Tonneau, contenant tout ce que les Arts et les sciences ont de plus sublime et de plus mystérieux, avec plusieurs autres pièces très curieuses, par le fameux Dr Swift, Traduit de l'anglois (par J. van Effen). *La Haye, Scheurleer*, 1721, 2 tom. en 1 vol. in-12, mar. rouge, fil. à froid sur le dos et les plats, dent. int., tr. dor. (*Rel. anc.*).

Edition originale de cet ouvrage, véritable chef-d'œuvre d'ironie et de fine plaisanterie et l'une des meilleures œuvres de l'auteur de Gulliver.

1494. **Swift.** Dédicace-critique des dédicaces, où, entr'autres secrets merveilleux, on découvre quelle sera la situation des affaires dans mille ans d'icy. Traduite... par *** Anglois (Flint). *Imprimé à Rouen, et se vend à Paris, chez Barrois*, 1726, pet. in-12, veau rac., fil., dent. int., tr. dor. (*Rel. mod.*).

Edition originale de ce spirituel opuscule, qui contient une vive satire des travers de la noblesse.

1495. **Tableau** du nouveau Palais-Royal (par Mayeur de Saint-Paul). *A Londres, et se trouve à Paris, chez Maradan*, 1788, 2 vol. in-12, demi-rel. mar. rouge avec coins, dos plat orné en long, non rog., couv. non imp. cons.

Edition originale de cet intéressant ouvrage anecdotique, orné de 2 figures gravées, repliées.

1496. **Tanevot.** Poésies diverses, par M. Tanevot. *A Paris, de l'imp. de Jacques Collombat*, 1732, in-12, mar. rouge, dos orné, fil., doubl. et gardes de tabis bleu, dent. int., tr. dor. (*Rel. anc.*).

Bel exemplaire provenant de la bibliothèque de Charles Cousin, avec son ex-libris.

1497. **Tasse** (le). La Gerusalemme liberata di Torquato Tasso. *In Parigi, appresso A. Delalain, P. Durand, G.-C. Molini*, 1771, 2 vol. in-4, veau éc., dos orné, fil. sur les plats, tr. dor. (*Rel. anc.*).

Premier tirage. — Edition illustrée de 2 titres gravés, 1 feuillet de dédicace, 2 frontispices avec les portraits du Tasse et de Gravelot, 20 grandes figures, 20 en-têtes avec portraits et 23 culs-de-lampe dont 9 grands et 14 petits, par Gravelot, gravés par Baquoy, Duclos, Leveau, Lingée et autres.

Un des rares exemplaires en grand papier, de format in-4 ; il contient les en-têtes avec les noms des personnages en italien.

1498. **Temple** (William). Nouveaux mémoires du chevalier Guillaume Temple, ambassadeur et plénipotentiaire de la Grande-Bretagne en diverses cours de l'Europe... Publiés avec une préface par le Dr Jonathan Swift. *La Haye*, 1729, in-12, veau fauve, dos orné, tr. rouges. (*Rel. anc.*).

Aux armes du chevalier Jean d'ALTERMATT, grand-juge de la Compagnie générale des Suisses.

1499. **Térence**. Les Comédies de Térence, avec la traduction et les remarques de Madame Dacier. Nouvelle édition. *Amsterdam, Wetstein*, 1724, 3 vol. in-12, veau fauve, dos orné, tr. rouges. (*Rel. anc.*).

Edition illustrée de 1 frontispice dessiné et gravé par B. Picart, 1 fleuron de titre, 1 vignette avec portrait et 47 figures gravées au trait d'après B. Picart.

1500. **Testament politique** du marquis de Louvois, premier ministre d'État sous le règne de Louis XIV roi de France, où l'on voit ce qui s'est passé de plus remarquable en France jusqu'à sa mort. *A Cologne, chez Le Politique*, 1716, 2 tom. en 1 vol. in-12, veau, dos orné, tr. rouges. (*Rel. anc.*).

Ouvrage attribué à Sandras de Courtilz.

On y a joint : L'Ombre du marquis de Louvois consultée par Louis XIV sur les affaires présentes. *Cologne, Pierre Marteau*, 1695, pet. in-12 de 96 pp., vélin blanc anc.

1501. **Thibaut**. Les Poésies du roy de Navarre, avec des notes et un glossaire françois (par Levêque de La Ravallière), précédées de l'histoire des révolutions de la langue françoise depuis Charlemagne jusqu'à saint Louis, d'un discours sur l'ancienneté des chansons françoises, et de quelques autres pièces. *Paris, Guérin*, 1742, 2 vol. in-12, fig. et vign. grav., musique notée, veau marb., dos orné, fil., dent. int., tr. dor. (*Smith*).

Recueil rare, renfermant les chansons de Thibaut IV, fils de Thibaut III, comte de Champagne et de Blanche, fille de Sance le Sage, roi de Navarre.

Bel exemplaire dans une reliure anglaise.

1502. **Thou** (Jacques-Auguste de). Histoire universelle de Jacque-Auguste de Thou, depuis 1543 jusqu'en 1607, traduite sur l'édition latine de Londres. *A Londres* (*Paris*), 1734, 16 vol. in-4, portr., veau marb., dos orné, tr. marb. (*Rel. anc.*).

La meilleure édition de cet ouvrage important.

1503. **Tissot.** De la santé des gens de lettres. *Lausanne*, 1768, in-12, demi-rel. veau brun avec coins, tr. rouges. — Essai sur les maladies des gens du monde. — Nouvelle édition. *Id.*, 1772, in-12, vélin blanc anc.

On y a joint : De la Santé, ouvrage utile à tout le monde (par l'abbé Jacquin). *Paris*, 1762, in-12, veau anc. — Traité de la longue vie. *Rouen*, 1698, in-12, veau anc. — Conseils pour vivre long tems, trad. de l'italien de Louis Cornaro. *Paris*, 1783, pet. in-12, demi-rel. mar. vert avec coins, non rog. — Ens. 5 vol.

1504. **Traité** des trois imposteurs. *S. l.*, 1777, in-12, veau marb., dos orné, tr. marb. (*Rel. anc.*).

Cet ouvrage curieux n'est autre chose que la *Vie et l'esprit de B. Spinosa*, rédigé, suivant Prosper Marchand, par Vroes, conseiller de la cour de Brabant à La Haye. Il est suivi de : *Sentimens sur le traité des Trois imposteurs. — Réponse à la dissertation de M. de La Monnoye sur le traité....* (par Arpe).

1505. **Uffizio** della B.V. Maria. *Roma*, 1744, 3 part. en 1 vol. in-12, fig., veau brun, dos orné, comp. de fil. et entrelacs dor. et mosaiq. sur les plats, tr. dor. et ciselées.

Curieuse reliure italienne à compartiments en mosaïque de cire, à l'imitation des reliures du XVIe siècle.
Aux armes de SIMONETTI, de Bologne. (Légères restaurations).

1506. **Uffizio** della B.-Vergine-Maria. — Uffizio de' Morti ; sette salmi penitenziali, etc. *Rome*, 1782, 5 part. en 1 vol., gr. in-8, fig., veau rose foncé, dos orné, bord. dor. encadrant les plats avec larges orn. d'angles et milieux portant au centre un chiffre couronné formé des lettres M. A., tr. dor. (*Rel. anc.*).

Jolie reliure italienne, bien ornée, d'une excellente conservation.

1507. **Uffizio** della B.-V. Maria, per tutti i tempi dell' anno. — Nell' Avvento. — Dopo l'Avvento. — Uffizio de' Morti... — Esercizio quotidiano.... *Rome*, 1795, 5 part. en 1 vol. in-12, fig. et vign. grav., mar. rouge, dos orné, larges bord. dor. encadrant les plats, avec armoiries au centre, tr. dor. étui. (*Rel. anc.*).

Fraiche reliure italienne de l'époque.

1508. **Valade** (J.-J.-D.). Le Petit espiègle, ou il ne faut pas lui en vouloir, divertissement en un acte, en prose et vaudeville, joué par des enfans. *A Paris*, 1786, pet. in-8 de 51 pp., veau gran., dos orné, dent. sur les plats et à l'int., tr. marb. (*Thouvenin*).

Suivant une note ms. de l'époque, cette pièce, composée par le fils de l'imprimeur Valade, fut jouée par lui, sa sœur et ses frères, à l'occasion de la fête de sa mère, chez le libraire Laporte. Elle n'aurait été tirée qu'à quelques exemplaires.

1509. **Vauvenargues**. Introduction à la connoissance de l'esprit humain, suivie de réflexions et de maximes. *Paris, Briasson*, 1746, in-12, mar. tête de nègre jans., dent. int., tr. dor. (*Thivet*).

Edition originale des pensées de Vauvenargues. — Bel exemplaire.

1510. **Ventre**. Jurisprudence observée en Provence sur les matières féodales et les droits seigneuriaux. *A Avignon, chez la veuve Girard*, 1756, 2 tom. en 1 vol. in-8, veau gran., dos orné, tr. marb. (*Rel. anc.*).

Première édition de cet ouvrage de Louis Ventre, seigneur de La Touloubre, ancien substitut du procureur général au Parlement d'Aix. — Mouillures.

1511. **Vie** (la) d'Olivier Cromwell, lord protecteur de la République d'Angleterre, d'Ecosse et d'Irlande, recueillie des meilleurs auteurs... traduite de l'anglois. *La Haye, G. Block*, 1738, 2 vol. in-8, veau éc., dos orné, fil. et armoiries sur les plats, dent. int., tr. dor. (*Rel. anc.*).

Bel exemplaire aux armes de la famille de Lévis, accolées de celles de Beauvau.

1512. **Villon** (François). Œuvres de François Villon, avec les remarques de diverses personnes (Eusèbe de Laurière, Le Duchat et de Formey). *A La Haie, chez Adrien Moetjens*, 1742, 2 part. en 1 vol. in-12, mar. bleu foncé, fil. à froid sur le dos et les plats, dent. int., tr. dor. (*Duru*).

Edition recherchée, renfermant de nouvelles notes, des fragments inédits, des mémoires sur Villon, etc., par Prosper Marchand. — Bel exemplaire, sauf qq. rousseurs.

1513. **Virgile**. P. Virgilii Maronis Opera Nic. Heins. Dan. fil. Emembranis compluribus iisque antiquissimis recensuit. *Ultrajecti*, *apud Guil. van der Water*, 1704, in-12, front. et carte se dépliant, mar. vert, dos orné, fil., dent. int., tr. dor. (*Rel. anc.*).

Jolie édition remarquablement imprimée en petits caractères. — Frontispice dessiné par Goerce et gravé par C. Huyberts.

1514. **Virgile.** P. Virgilii Maronis opera. *Parmæ, in aedibus palatinis, typis Bodonianis*, 1793, 2 vol. gr. in-fol., pap. vergé, demi-rel. cuir de Russie, dos sans nerfs orné, non rog. (*Rel. anc.*).

Bel exemplaire de cette splendide édition, tirée, dit Brunet, à 200 exemplaires seulement.

1515. **Voyage du Parnasse** (le) (par Limojon de Saint-Disdier). *Rotterdam*, 1716, in-12, veau marb., dos orné, tr. jasp. (*Rel. anc.*).

Recueil curieux renfermant, entre autre choses, des détails sur la querelle des Anciens et des Modernes.
Sur le titre, cachet armorié de La Condamine.

1516. **Voltaire.** Annales de l'Empire depuis Charlemagne, par l'auteur du siècle de Louis XIV. *A Basle, chez Jean-Henri Decker*, 1753, 2 vol. in-12, demi-rel. veau avec coins, tr. jasp. (*Rel. anc.*).

Edition originale. — Elle se compose de 24 ff. non chiff. et 360 pp pour le tome Ier et de 383 pp. (le faux-titre marque), plus 2 ff. non chiff. pour la *Lettre de l'auteur* à la ducheses de Saxe-Gotha et 4 ff. pour les *Doutes sur quelques points de l'Histoire de l'Empire*, pour le tome II. Cette dernière pièce manque à beaucoup d'exemplaires (Bengesco, I, 336-37, 1171). — Qq. mouillures et rousseurs.

1517. — Le Brutus, de M. de Voltaire, avec un Discours sur la tragédie. *A Paris, rue S. Jacques, chez Je. Fr. Josse*, 1731, in-8 de 16 ffprél., 110 pp. et 2 ff. non chiff., veau, dos orné, tr. jasp. (*Rel. anc.*).

Edition originale (Bergesco, I, 10, 34).
On a relié à la suite :
Achille et Deidamie, parodie par Mess. Romagnesi et Riccoboni. *A Paris, chez Prault fils*, 1735, in-8 de 31 pp.

1518. — Le Caffé, ou l'Ecossaise, comédie, par M. Hume, traduite en français. *Londres*, [*Genève*], 1760, in-12 de XII et 204 pp., vélin blanc à rec., tête rouge. (*Rel. mod.*).

Edition originale. (Bengesco, I, 55, 222).

1519. — Candide, ou l'optimisme, traduit de l'allemand de M. le

Docteur Ralph. *S. l.* [*Genève, Cramer*], 1759, in-12 de 299 pp., sign. A à N4 ; veau marb., dos sans nerfs orné, tr. rouges. (*Rel. anc.*).

Edition originale (Bengesco, I, 444, 1434 ; Le Petit, p. 548).
On a relié à la suite : Les Sauvages de l'Europe [par R.-M. Le Suire et Louvel]. *Berlin*, 1760, in-12, 137 pp. — Edition originale.

1520. Ce qui plait aux Dames, conte. *Partout, chez des Libraires françois*, 1764, plaq. in-8 de 24 pp., cart. bradel perc. blanche. (*Pierson*).

Edition originale, ornée d'un frontispice gravé. (Bengesco, I, 182, 644). — Petit racc. à l'angle d'un feuillet.

1521. — Charlot, ou la comtesse de Givri. Pièce dramatique représentée sur le théâtre de F*** [Ferney] au mois de septembre 1767. *A Genève, et se trouve à Paris chez Merlin*, 1767, in 8 de 1 f. non chif. et 69 pp., dérel.

Edition originale. (Bengesco, I, 71, 271).

1522. — Commentaires sur le théâtre de Pierre Corneille, et autres morceaux intéressans, etc., par M. de Voltaire. *A Amsterdam et à Leipzig, chez Arkstée et Merkus*, 1765, 2 vol. pet. in-12, mar. rouge, dos sans nerfs orné, dent. sur les plats et à l'int., tr. dor. (*Rel. anc., usagée*).

Jolie édition.

1523. — Contes de Guillaume Vadé. *S. l.* [*Genève*], 1764, in-8 de XVI et 386 pp., plus 2 pp. pour la table, cart. anc., *non rogné*.

Edition originale. — Ce recueil, outre la *Préface de Catherine Vadé*, renferme vingt-trois morceaux en prose et en vers. (Bengesco, I, 186, 660).

1524. — Correspondance. Réunion de 3 vol. in-8.

I. Choix de lettres inédites de Voltaire au marquis de Vauvenargues. *A Aix, chez Augustin Pontier*, 1813, plaq. in-8, cart. bradel perc. verte. (*Pierson*). — Edition originale. — II. Correspondance de Voltaire et du cardinal de Bernis depuis 1761 jusqu'à 1777, publiée d'après leurs lettres originales, avec quelques notes, par le citoyen Bourgoing. *A Paris, chez Dupont, an VII*, in-8 de 276 pp., cart. anc., tr. jaunes. — III. Lettres inédites de Voltaire à Mademoiselle Quinault, à M. d'Argental, au président Hénault, à M. Damilaville, à Madame d'Epinay et autres personnages remarquables. *A Paris, chez A.-A. Renouard*, 1822, in-8, broché, couv. fact. — Ce recueil contient « 301 lettres de Voltaire, dont 149 inédites et 152 déjà imprimées, mais une seule fois, dans des recueils que leur forme ou leur contenu rend plus ou moins étrangers aux diverses éditions de Voltaire ».

1525. — Correspondance. Réunion de 5 pièces.

I. Lettre de M. de Voltaire à M. le duc de La Vallière.. In-12 de 20 pp., cart. bradel perc. rouge (*Vié*). — II. Réponse de M. de Voltaire à M. le Duc de Bouillon (1761). In-12 de 7 pp., cart. bradel perc. rouge (*Vié*). — III. Lettres de M. de Volatire à ses amis du Parnasse, avec des notes historiques et critiques. *A Genève*, 1766, in 8 de 200 pp., cart. bradel, perc. verte. (*Pierson*). — IV. Réponse de M. de Voltaire à M. l'abbé d'Olivet sur la nouvelle édition de la Prosodie, datée de Ferney, 5 janv. 1767. In-12 de 12 pp. cart. bradel perc. rouge. (*Pierson*). — V. Lettre de M. de Voltaire à Messieurs de La Noblesse de Gévaudan qui ont écrit en faveur de M. le comte de Morangiés. 1773, in 8 de 14 pp., cart. bradel perc. rouge. (*Vié*).

1526. — Dictionnaire philosophique portatif. *Londres* [*Genève*], 1764, in-8 de VIII et 344 pp., veau fauve, dos orné, fil., fleur. aux angles, dent. int., tr. dor. (*Rel. anc.*).

Édition originale.
On a relié à la suite : Dictionnaire philosophique portatif, ou supplément à l'édition de 1765. Revu, corrigé et augmenté de XXXVII articles par l'auteur. *A Londres, s. d.*, in-8 de 4 ff. non ch. et 88 pp. — (Bengesco, I, 1400 et I, 1403). — Transposition des pp. 225 à 288, qui ont été reliées à la fin du volume.

1527. — Don Pèdre, roi de Castille, tragédie et autres pièces. *S. l.* (*Genève*), 1775, in-8 de 148 pp., cart. bradel perc. grise, (*Pierson*).

Edition originale. *Don Pèdre* est précédé : 1° d'une *Epître dédicatoire à M. d'Alembert... par l'éditeur de la tragédie de Don Pèdre* ; 2° d'un *Discours historique et critique sur la tragédie de Don Pèdre* ; on trouve à la suite de la tragédie : 1° l'*Eloge historique de la Raison prononcé dans une Académie de province, par M. de Chambon* ; 2° le morceau intitulé. De l'*Encyclopédie* ; 3° *Dialogue de Pégase et du vieillard* (avec les notes de M. de Morza) ; 4° La *Tactique* (suivie d'une longue note). (Bengesco, I, 82-83, 295).
On y a joint :
Don Pèdre, roi de Castille, tragédie et autres pièces. *S. l.*, 1775, in-8, 1 f. pour le titre, 1 f. d'errata, XVI et 139 pp., cart. bradel perc. grise. — Edition non citée par Bengesco.

1528. — Le Duc de Foix, tragédie par M. de Voltaire. *A Paris, chez Lambert*, 1752, pet. in-8 de 2 ff. et 64 pp., cart. toile grise.

Edition originale. (Bengesco, I, 20, 81). Mouillures.

1529. — Elémens de la philosophie de Neuton, mis à la portée de tout le monde, par M. de Voltaire. *A Amsterdam, chez Etienne Ledet et compagnie*, 1738, in-8 de 1 f., 399 pp. et 1 p. non ch. pour l'errata, cart. anc., *non rogné*.

Edition originale, imprimée par Ledet, à qui Voltaire avait confié le manuscrit incomplet des *Eléments*. Ledet fit achever l'ouvrage par un mathématicien hollandais et le mit en vente vers la fin de mars ou le commencement d'avril 1738.

Illustré de 1 frontispice dessiné par Dubourg et gravé par Folkéma, 27 vignettes et 22 culs-de-lampe par Folkéma, La Cave, J.-V. Schley, B. Picart, G. Kendet, et un grand nombre de figures imprimées dans le texte ou tirées à part. Page 182, une « Table des couleurs et des tons de la musique ». — (Bengesco, II, 27, 1570). — Mouillures. — Note mss. de 6 pp. ajoutée.

On y a joint : Abrégé de la chronologie de M. le chevalier Isaac Newton, fait par lui-même et traduit sur le manuscrit anglois [par Nic. Fréret, qui y a ajouté des observations critiques]. *A Paris, chez Guillaume Cavelier fils*, 1725, in-12, veau, dos orné, tr. jasp. (*Rel. anc.*). — Ex libris. (Bibl. du château de Valençay).

1530. — Eloge de M. de Crébillon. *A Paris* [*Genève*], 1762, in-8 de 1 f. et 34 pp., cart. bradel perc. rouge. (*Vié*).

Edition originale. (Bengesco, II, 105, 1674).

1531. — Epîtres, satires, contes, odes et pièces fugitives, du poète philosophe, dont plusieurs n'ont point encor paru, enrichies de notes curieuses et intéressantes. *A Londres* [*Genève*], 1771, in-8 de VIII et 448 pp., veau marb., dos sans nerfs orné, fil., tr. marb. (*Rel. anc.*).

Ce recueil renferme un certain nombre de pièces en édition originale.

1532. — Eriphile, tragédie de M. de Voltaire, représentée par les comédiens ordinaires du roi le vendredi 7 mars 1732. Pièce que l'auteur s'étoit opposé qu'elle fût imprimée de son vivant (*sic*). *Paris*, 1779, in-8 de 82 pp., cart. bradel perc. grise, tr. rouges.

Edition originale. (Bengesco, I, 13, 51).

1533. — La Femme qui a raison, comédie en trois actes, en vers, par M. de Voltaire. Donnée sur le théâtre de Carouge [Carouge] près Genève, en 1758. *Genève*, [*Paris, Lambert*], 1759, in-12 de 71 pp., cart. bradel perc. rouge. (*Vié*).

Edition originale. (Bengesco, I, 47, 193).

1534. — Les Guebres, ou la Tolérance. Tragédie par M. D***. M**** [Voltaire]. *S. l.* [*Genève*], 1769, in-8 de 116 pp. y compris le faux-titre, le titre, la préface et l'épître dédicatoire ; cart. bradel perc. rouge. (*Pierson*).

Edition originale. (Bengesco, I, 73, 276).

1535. — La Guerre civile de Genève ou les Amours de Robert Covelle, poème héroïque, avec des notes instructives. *A Bezançon, chez Nicolas Grandvel* [*Genève*], 1768, in-8 de XVI et 67 pp. cart., bradel perc. rouge, *non rogné.*

Edition originale. (Bengesco, I, 175, 630).

1536. — La Henriade travestie en vers burlesques [par Fougeret de Monbron]. *A Berlin* [*Paris*], 1745, in-12, veau marb., dos orné, armoiries sur les plats, tr. jasp. (*Rel. anc.*).

Edition originale.
On a relié à la suite :
A. Oreste, tragédie (par Voltaire). *A Paris, chez Le Mercier et Lambert*, 1750, pet. in-8 de 2 ff., XXI et 212 pp. (Incomplet du faux-titre, de l'approbation et du privilège).
Edition originale. — A la suite d'*Oreste*, on trouve (pp. 105 à 156) : I. **Samson**, tragédie lyrique. *Id.*, *ib.*, 1750. — (Pp. 157 à 212) : II. Les chapitres II et III des *Mensonges imprimés*, suivis d'une lettre au maréchal de Schullembourg, général des Vénitiens, datée de La Haye, 15 sept. 1740 et signée : V. (Bengesco, I, 50, 204).
B. Didon, tragédie [par J.-J. Lefranc de Pompignan]. *Paris, Chaubert*, 1734. — Edition originale.
Aux armes du marquis TURINETTI.

1537. — Hérode et Mariamne, tragédie de M. de Voltaire. *A Paris, chez Noël Pissot et François Flahault*, 1725, pet. in-8, veau brun, dos orné, tr. jasp. (*Rel. anc.*).

Edition originale. (Bengesco, I, 5 et 6, 19). — Incomplet du feuillet de dédicace.

1538. — Histoire de Charles XII, roi de Suède, par M. de V***. *A Basle, chez Christophe Revis* [*Rouen, Jore*], 1731, 2 vol. in-12, veau, dos orné, tr. rouges. (*Rel. anc.*).

Edition originale. — L'impression de l'*Histoire de Charles XII* commencée à Paris vers la fin de 1730, fut suspendue par ordre du garde des Sceaux : On saisit la première partie de l'ouvrage, qui avait été tirée à 2600 exemplaires et Voltaire dut s'adresser à Cideville pour le prier de lui faire obtenir une permission tacite du premier président de Pontcarré ou de lui trouver, à Rouen « un de ces imprimeurs qui font tout sans permission ».

Cideville mit Voltaire en rapport avec Jore ; et c'est Jore qui imprima en 1731, à Rouen, l'*Histoire de Charles XII*. Voltaire surveilla lui-même l'impression de son livre (il séjourna à Rouen et aux environs de cette ville depuis le milieu de Mars jusqu'à la fin de Juillet, ou au commencement d'Août et les premiers exemplaires de l'ouvrage virent le jour en Novembre. (Bengesco, I, 372 et s., 1257). — Qq. mouillures et taches de rousseurs ; incomplet des « errata ».

On y a joint :
Histoire de l'Empire de Russie sous Pierre le Grand, par l'auteur de l'Histoire de Charles XII. *S. l.* (*Lyon*), 1761, 2 vol. in-12, veau, dos orné, tr. jasp. (*Rel. anc.*). — (Bengesco, I, 404, 1367).

1539. — Les Honnêtetés littéraires. Etc. etc. etc. *S. l.* [*Genève*,] 1767, in-8 de 2 ff. de titre et 189 pp., veau marb., dos orné, fil., tr. marb. (*Rel. anc.*).

Edition originale. — C'est dans cette édition que fut imprimé, pour la première fois, l'*Eloge de l'Hypocrisie*. (Bengesco, I, 198, 693 ; et II, 191, 1736). — Qq. mouillures.

1540. — L'Indiscret, comédie, de M. de Voltaire. *A Paris, chez Noël Pissot et chez François Flahault*, 1725, in-8, demi-rel. mar. rouge, tête dor.

Edition originale.

1541. — Irène, tragédie de M. de Voltaire, représentée pour la première fois le 16 mars 1778 par les comédiens ordinaires du roi. *Paris*, 1779, in-8 de 62 pp., cart. bradel perc. grise, tr. rouges.

Edition originale. (Bengesco, I, 84, 300).

1542. — Lettres chinoises, indiennes et tartares, à Monsieur Paw, par un Bénédictin ; avec plusieurs autres pièces intéressantes. *A Genève*, 1776, in-8, cart. anc., *non rogné*.

« Corneille de Pauw, chanoine de Xanten, dans le duché de Clèves, avait publié, en 1774, des *Recherches philosophiques sur les Egyptiens et les Chinois*. Voltaire parle de cet ouvrage dans sa lettre à d'Argental, du 5 septembre 1774. A la fin de 1775, Voltaire annonce à Frédéric « des lettres assez scientifiques, assez ridicules, qu'il a pris la liberté d'écrire à M. Pauw sur ses Chinois, ses Egyptiens et ses Indiens ». — Cette édition de *Genève*, qui comporte 2 ff. prélim. et 263 pp. y compris la table, n'est pas citée par Bengesco et paraît être l'édition originale.

1543. — Lettres de M. de V***, avec plusieurs pièces de différens auteurs. *A La Haye, chez Pierre Poppy*, 1738, in-12 de 1 f. de titre, 175 pp. ch. et 3 pp. n. ch., pour la table et les errta, veau brun, dos orné, tr. rouges. (*Rel. anc.*).

Aux armes de la duchesse de MONTMORENCY-LUXEMBOURG.

1544. — *Le même recueil. Ibid., id.*, 1739, in-12, même collation, cart. bradel perc. olive, tr. rouges.

1545. — Lettres philosophiques. Par M. de V.... *A Amsterdam, chez E. Lucas, au Livre d'Or*, 1734, in-12 de 2 ff. prélim. pour le titre et la table, et 387 pp., veau, dos orné, tr. jasp. (*Rel. anc.*).

Edition originale, donnée avec la participation de Voltaire, et imprimée à Rouen par Jore. — (Bengesco, II, 9. 1558).
Très rare. — Nombreuses notes manuscrites de l'époque (11 ff.) à la fin du volume, et portrait ajouté.

1546. — La Ligue ou Henry le Grand. Poème épique par M. de Voltaire. *A Genève, chez Jean Mokpap* [*Rouen, Viret*], 1723, in-8, veau fauve, dos orné, tr. rouges. (*Rel. anc.*).

Edition originale de la *Henriade*, laquelle, malgré la rubrique de Genève, fut publiée en secret à Rouen par le libraire Viret, et non pas, comme le disent Brunet et ses continuateurs, par les soins de l'abbé Desfontaines, mais plutôt par Thieriot, secrétaire et ami de Voltaire, comme on peut s'en bien convaincre en lisant la correspondance de Voltaire avec Thierot. Voltaire ne put obtenir l'autorisation de faire imprimer son poème en France. L'édition parut donc clandestinement et la rubrique « Genève, Jean Mokpap » fut mise sur le titre pour dérouter les recherches de la police (Le Petit, pp. 532-533). Cette édition se compose de 1 f. de titre, 1 f. paginé III-IV pour l'*Avertissement de l'éditeur*, 2 ff. paginés V-VIII pour la « *Petite histoire abrégée de ce temps-là* » dont Voltaire parle dans sa lettre à Thieriot du 3 janvier 1723 : 157 pp. pour les neuf chants de *la Ligue*, et 71 pp. (paginées 161-231) pour les *Remarques* (de Voltaire). Il y a, dans les neuf chants du poème, quelques lacunes qui sont remplies par des points ou par des étoiles [voy. pp. 65, 90, 133]. (Bengesco, I, 99-100, 360).

Exemplaire aux armes de Anne-Gabriel-Henri BERNARD DE BOULAINVILLIERS (fils du célèbre financier Samuel Bernard), président à la deuxième chambre des enquêtes du Parlement de Paris.

1547. — Mahomet, tragédie par M. de Voltaire, représentée sur le théâtre de la Comédie Française le 9 août 1742. *A Bruxelles*, 1742, in-8 de 1 f. de titre, 71 pp. plus 1 p. d'errata, cart. bradel perc. grise, tr. rouges.

Troisième édition originale, très rare. (Bengesco, I, 35, 131-135).

1548. — Mélanges. Réunion de 9 vol. ou plaq. in-8 et in-12.

I. La Voix du Sage et du Peuple. *A Amsterdam, chez Le Sincère*, 1750, in-12 de 16 pp., cart. bradel perc. rouge mouchetée. (Cet opuscule, écrit pour défendre les droits de l'Etat contre les prétentions financières du Clergé, est le premier des ouvrages de Voltaire mis à l'index par la Cour de Rome (25 juin 1751). Cette condamnation fut une des causes qui déterminèrent Voltaire à partir pour Berlin). — II. Les Droits des hommes et les usurpations des autres. Traduit de l'italien par l'auteur de l'Homme aux quarante écus. *A Amsterdam*, 1768, in-8 de 47 pp., cart. bradel perc. rouge. (*Pierson*). — III. Remerciment de Candide à M. de Voltaire. *Halle et Amst.*, 1760, in-12 de 35 pp., cart. bradel perc. rouge. (*Pierson*). — IV. Le Docteur Pansophe, ou Lettres de Monsieur de Voltaire. *A Londres*, 1766, in-12 de 44 pp., cart. perc. rouge. (*Pierson*). [Edition originale de cet écrit important pour l'histoire des luttes de Voltaire et de Rousseau]. — V. Le Président de Thou justifié contre les accusations de M. de Buri, auteur d'une Vie de Henri IV. *S. l.* (*Genève*, 1766), in-8 de 38 pp., vélin à rec. (*Rel. ital. mod.*). — VI. La Défense de mon oncle contre ses infâmes persécuteurs, par A.... T de V****. *Genève*, 1768, in-12 de 111 pp., cart. brad. perc. rouge. (*Vié*). Titre en mauvais état et racc. — VII. Les Colimaçons du Révérend Père l'Escarbotier. *S. l.*, 1769, in-8 de 24 pp., cart. bradel perc. rouge. (*Pierson*). [Mis à l'index en 1770). — VIII. Fragments sur l'Inde et sur le Général Lalli. *S. l.*, 1773, in-8 de 162 pp., veau marb., dos orné, tr. rouges. (*Rel. anc.*). — IX. Confession de Voltaire, traduite de l'espagnol par M***. *A Neuchatel*, 1775, in-12 de 64 pp., cart. bradel perc. rouge. (*Pierson*).

1549. — Memnon, histoire orientale. *A Londres, pour la Compagnie*, 1748, pet. in-8, cart. bradel demi-perc. crème, non rog. (*Pierson*).

Cette édition de la première version de *Zadig* est conforme à l'édition originale.

1550. — Mémoires de M. de Voltaire, écrits par lui-même. *A Genève*, 1784, in-8 de 174 pp. et 1 f. d'errata, cart. bradel perc. rouge, non rog. (*Pierson*).

Edition originale. — On trouve aux pp. 157-174, l'*Epître* (de Frédéric au maréchal Keith) *sur les vaines terreurs de la mort et les frayeurs d'une autre vie*. (Bengesco, II, 75, 1642). — Exemplaire non rogné.

1551. — La Mérope française, avec quelques petites pièces de littérature. *Paris, Prault fils*, 1744, in-8 de 2 ff. pour le titre, l'avis au lecteur et les errata, XXIV pp. pour la *Lettre à M. Maffei*, 92 pp. pour la tragédie et 21 pp. pour la *Lettre sur l'esprit* et les *Nouvelles considérations sur l'histoire*, veau fauve, dos orné, tr. rouges. (*Rel. anc.*).

Edition non citée par Bengesco ; elle semble être la seconde, avec la même collation que l'édition originale dont elle ne diffère que par un fleuron typographique sur le titre et par la pagination en chiffres romains de la Lettre à Maffei ; elle renferme le portrait d'après La Tour et les 2 fig. par Duflos et Fessard.

On a relié à la suite : 1° Lettre à M. Norberg, chapelain du roy de Suède Charles XII. *Londres*, 1744, 16 pp. — 2° Critique de Mérope. *S. l. n. d.*, 16 pp. — 3° Lettre à Mme la marquise de *** sur la tragédie de Mérope.... *Bruxelles*, 1744, 14 pp. — 4° Réponse de M. le marquis Scipion Maffei..... à M. de Voltaire. *S. l. n. d.*, 16 pp.

1552. — La Mérope française, avec quelques petites pièces de littérature, par M. Arrouet de Voltaire. *A Paris, chez Prault fils*, 1744, in-8, cart. bradel perc. rouge.

Contrefaçon de l'édition originale. — Elle se compose de XVIII et 43 pp. pour *Mérope*, plus 21 pp. pour la *Lettre sur l'Esprit*, les *Nouvelles considérations sur l'histoire* et la *Lettre à M. Norberg*. (Bengesco I, 40, 153). — Figure par Eisen, gravée par Legrand, ajoutée.

1553. — Mérope tragédie, de M. de Voltaire, représentée pour la première fois par les Comédiens françois, ordinaires du roi, en

1743. *A Paris, chez Prault fils*, 1758, in-8 de 93 pp., cart. bradel perc. grise.

Dans cette « nouvelle édition, corrigée par l'auteur, et réimprimée telle qu'elle se joue actuellement au Théâtre françois » il ya un nouveau personnage nommé *Phanès*. (Bengesco, I, 41, 158).

On y a joint : Mérope, tragédie de M. le marquis Maffeï, nouvellement traduite par M. l'abbé D. B. [Du Bourg]. *Id.*, *Vve Bienvenu*, 1743, in-8, cart. bradel demi-mar. vert, *non rogné*. (*Lemardeley*). (Cf. Bengesco, I, 39, 152, in fine).

1554. — La Mort de César, tragédie de M. de Voltaire représentée pour la première fois au collège d'Harcourt le 11 aoust 1735. — Première édition. *A Amsterdam*, 1736, in-8 de 40 pp., cart. bradel perc. noire. (*Pierson*).

Bengesco, I, 25, 90, note.

1555. — Nanine, comédie en trois actes, en vers de dix syllabes donnée par l'auteur. *A Paris, chez Le Mercier et chez Lambert*, 1749, pet. in-8 de XVI pp. prél., 1 f. 92 pp. et 1 f. non chiff., cart. bradel perc. grise.

Edition originale de cette pièce qui fit, avec *Irène*, les frais de la fameuse représentation de 30 mars 1778, pendant laquelle le buste de Voltaire fut couronné sur la scène de la Comédie-Française. (Bengesco, I, 49, 195).

1556. — Oreste, tragédie. *A Paris, rue S Jacques, chez P. G. Le-Mercier et Lambert*, 1750, in-8 de 3 ff. prél. (pour le faux-titre, le titre et l'avis au lecteur) XXI pp. (pour l'épître à S. A. S. Madame la duchesse du Maine), 1 p. non ch. pour les « personnages «, 212 pp. non compris un f. non ch. pour l'approbation et le privilège, veau fauve, dos sans nerfs orné, tr. dor. (*Rel. anc.*).

Edition originale.

A la suite d'*Oreste*, on trouve : 1° *Samson*, tragédie lyrique. Paris Le Mercier et Lambert, 1750 (pp. 105 à 156) ; 2° Les chapitres II et III des *Mensonges imprimés* suivis d'une lettre à M. le Maréchal de Schulembourg, datée de La Haye, 15 septembre 1740 et signée V. (Bengesco, I, 50-51, 204).

On y a joint :

Oreste, tragédie par M. de Voltaire. *S. l.*, 1773, in-8 de 86 pp., cart. bradel perc. rouge. (*Pierson*). — Il y a de nombreuses différences entre le texte de cette édition et celui de l'édition de 1750.

1557. — L'Orphelin de la Chine, tragédie représentée pour la première fois à Paris, le 20 août 1755. *A Paris, chez Michel*

Lambert, 1755, in-12 de XI pp. (pour le titre et l'épître à Mgr le maréchal duc de Richelieu) 1 p. non chiff. (pour les Personnages) et 72 pp., cart. bradel perc. grise.

Edition originale.

L'Orphelin de la Chine est suivi d'une Lettre [de Voltaire] à M. J.-J. R. C. D. G. [Jean-Jacques Rousseau, citoyen de Genève]. Cette lettre, du 30 août 1755, fut imprimée, sur une copie différente, dans le *Mercure* d'octobre 1755, et reproduite, avec les différences, dans le *Mercure* de novembre 1755. (Bengesco, I, 53, 213).

On y a joint :

L'Orphelin de la Chine, tragédie par M. de Voltaire, représentée pour la première fois à Paris, le 20 août 1755. *A Paris, chez Mich. Lambert*, 1755, in-12, cart. bradel demi-perc.

Second tirage, avec un titre différent.

1558. — Le Philosophe ignorant. *S. l.* [*Genève*], 1766, in-8 de VII et 171 pp., texte encadré, vélin blanc, tr. jasp. (*Rel. anc.*).

Edition originale. (Bengesco, II, 186, 1731).

On a relié à la suite : Avis au Public sur les parricides imputés aux Calas et aux Sirven. *S. l. n. d.* [*Genève*, 1766], in-8 de 34 pp.

Edition originale du premier acte public de Voltaire en faveur des Sirven. (Bengesco, II, 171, 1723).

1559. — Philosophie. Réunion de 5 vol. reliés.

I. Lettres philosophiques, par M. de V. *A Amst., chez Lucas*, 1734, in-12 de 2 ff. et 354 pp., demi-rel. mar. rouge, tête dor. — II. Traité sur la tolérance. *S. l.*, 1764, in-12 de IV et 191 pp., veau marb., dos sans nerfs orné, tr. rouges. (*Rel. anc.*). — Fortes mouillures. — III. Le Dîner du comte de Boulainvilliers par Mr. St. Hiacinthe. *Rome*, 1768. — L'Homme aux quarante écus. *Paris*, 1768. — Fragment des instructions pour le prince royal de ***. *Berlin*, 1768. — Le Catéchumène, traduit du chinois. *Amst.*, 1768. Ens. 4 ouvr. en 1 vol. in-8, cart. bradel demi-perc. (*Pierson*). — IV. Le Parloir de l'abbaye de *** ou Entretiens sur le divorce, par M. de V*** [par de Cerfvol] ; suivi de son utilité civile et politique. *A Genève*, 1772, 2 part. en 1 vol. pet. in-8, veau marb., dos sans nerfs orné, tr. marb. (*Rel. anc.*). — V. La Bible enfin expliquée par plusieurs aumôniers de S. M. L. R. D. P. (par Voltaire). *A Londres*, 1777, in-4 de 1 f. et 275 pp., demi-rel. bas. (*Rel. anc.*).

1560. — Pièces relatives à Bélisaire. *A Amsterdam*, 1767, 5 part. en 1 vol. in-8, cart. bradel perc. rouge. (*Pierson*).

Les *Pièces relatives à Bélisaire* forment cinq cahiers in-8 d'environ 150 pp. Elles comprennent la première édition des *Anecdotes sur Bélisaire*, l'*Honnêteté théologique* et quelques lettres et billets de Voltaire. L'*Extrait d'une lettre écrite de Genève à M*** sur la liste imprimée des propositions que la Sorbonne a extraites de Bélisaire pour les condamner* que l'on trouve à la suite des deux *Anecdotes sur Bélisaire* doit avoir aussi Voltaire pour auteur.

Les *Pièces relatives à Bélisaire* ont été imprimées à Genève ; elles sont sorties, selon l'expression de Grimm, de « la manufacture de

Ferney » ; elles contiennent des premières éditions d'écrits qui sont incontestablement de Voltaire et doivent être rangées parmi les « Ouvrages dont Voltaire a été l'éditeur ». (Bengesco, II, 1735 et 1900).

1561. — [Le Poème de Fontenoy. *A Paris, de l'imprimerie royale*, 1745, pet. in-4, veau marb., dos sans nerfs orné, fil., fleurs de lys aux angles. (*Rel. mod.*).

Belle édition. Elle se compose de 28 pp. La *Dédicace* au roi occupe les pp. 3 et 4, le *Discours préliminaire* les pages 5 à 16 et le *Poème* (dont le texte est encadré d'un filet noir à la grecque) les pp. 17 à 28. Sur le titre, en guise de fleuron, une médaille représentant Louis XV sur un quadrige ; une victoire ailée le couronne.(Bengesco, I, 165, 611).

On a relié à la suite :

I. **Requête du curé de Fontenoy** au Roy [par Marchand]. *A Fontenoy*, 1745, 8 pp.

II. **Vers** sur **la Bataille de Fontenoy** par le vicaire du lieu. *A Fontenoy*, 1745. 4 pp.

1562. — [Le Poème de Fontenoy]. Réunion de pièces imprimées et manuscrites en 1 vol. in-4, demi-rel. veau, dos sans nerfs orné, coins vélin, tr. jasp. (*Rel. anc.*).

Recueil contenant :

I. **La Bataille de Fontenoy.** Poème. *A Paris, de l'Imp. royale*, 1745. In-4 de 1 f. de titre, 1 f. pour la dédicace au roy, 3 ff. (pp. 6 à 10) pour le Discours préliminaire et 6 ff. (pp. 11 à 21) pour le Poème, dont le texte est encadré d'un filet noir à la grecque.

Edition non citée par Bengesco, qui ne connaît que l'édition suivante, en 28 pp. :

II. **Le Poème de Fontenoy**. *A Paris, de l'Imp. royale*, 1745. In-4 de 28 pp. La Dédicace au roi occupe les pp. 3 et 4, le Discours préliminaire les pp. 5 à 16 et le Poème (dont le texte est encadré d'un filet noir à la grecque) les pp. 17 à 28. Sur le titre, en guise de fleuron, une médaille représentant Louis XV sur un quadrige, une Victoire ailée le couronne. (Cf. Bengesco, I, 165, 611).

III. **Réflexions** sur un imprimé intitulé : La Bataille de Fontenoy. Poème. Dédiées à M. de Voltaire, historiographe de France. Première édition, considérablement retranchée. *S. l.*, 1745. In-4, 18 pp.

Critique acerbe du poème de Voltaire, attribuée à l'Irlandais Dromgold.

IV. **Lettres de M. de Voltaire** [à M. Fabry, à Frédéric-le-Grand, à M. de Lacroix, à M. Rousseau, de Toulouse, à M. et Mme Favart, — et Poésies, du même, à Mme Du Deffant, à Mlle de Launay, à M. de S. Aulaire].

*Manuscrit de la fin du XVIII*e *siècle*, de 50 pp., d'une jolie écriture. Il porte cette mention sur le titre : « Ces 40 lettres [le copiste en a fait suivre plusieurs du mot : *inédit*] sont extraites d'un ouvrage intitulé : Mémoire pour servir à la justification de l'administration du pays de Gex par M. Fabry, etc., imprimé in-8, sans nom d'imprimeur, en 1790».

1563. — Poésies de Voltaire. *A Paris, édition de P. Didot, l'aîné. De l'imprimerie et de la fonderie de Jules Didot, l'aîné*, 1823, 5 vol. in-8, demi-rel. veau fauve avec coins, dos orné, tête dor. (*Rel. mod.*).

De la *Collection des meilleurs ouvrages de la langue françoise.* Belle édition, due aux soins de Beuchot, qui a signé la préface. Elle contient : I. Poèmes et discours. — II. Epitres. — III. Epitres. *Stances.* Odes et Traductions. — IV. Contes en vers et Satires. — V. Poésies mêlées. (Bengesco, I, 324, 1158). — Bel exemplaire.

1564. — Poésie. Mélanges. Réunion de 7 vol. ou plaq. in-8 et in-12.

I. Recueil de pièces fugitives en prose et en vers, par Mr. de V***. *S. l.*, 1740, in-8 de IV et 223 pp., veau marb., dos sans nerfs orné. (*Rel. anc.*). — II. Pièces recueillies de MM. de Voltaire et Piron, accompagnées de quelques notes pour en faciliter l'intelligence aux personnes qui ne sont point savantes. *Au Parnasse, chez les héritiers d'Apollon*, 1744, in-8 de 39 pp., cart. bradel perc. grenat, non rog. (*Pierson*). — III. La Pucelle d'Orléans, poème héroï-comique. *A Genève*, 1757, 2 tom. en 1 vol. in-12, front. et 1 figure, veau marb., dos sans nerfs orné, tr. jasp. (*Rel. anc.*), mouillures. — IV. Pièces échappées au portefeuille de M. de Voltaire, comte de Tournay. *Lausanne*, 1759, in-12 de 23 pp., cart. bradel perc. rouge. (*Pierson*). — V. Epitre à Henri Quatre sur l'avènement de Louis XVI par M. de V. *Paris, Stoupe*, 1774, in-8 de 8 pp., cart. bradel perc. rouge. (Edition originale). — VI. Contes de Guillaume Vadé. Edition augmentée par l'auteur d'un supplément au Discours aux Welches. *Genève*, 1775, in-8 de XII et 314 pp. et 1 f., cart. bradel perc. rouge, non rog. (*Pierson*). — VII. Macare et Thélème, allégorie par M. de Voltaire. *S. l. n. d.*, in-8 de 8 pp., cart. bradel perc. grise.

1565. — Précis de l'Ecclésiaste et du Cantique des cantiques, par M. de Voltaire. *A Genève, chez les frères Krammer*, 1759, plaq. in-8 de 24 pp., cart. bradel perc. rouge.

Première édition où les deux précis ont été réunis. Selon Bengesco, elle a été — quoique publiée sous la rubrique de Genève — faite à Paris sans la participation de Voltaire. Le *Précis de l'Ecclésiaste* est imprimé sur deux colonnes, l'une pour le texte, l'autre pour les vers de Voltaire ; le *Cantique des Cantiques* n'a ni le texte, ni les remarques. Cette édition avait certainement paru au commencement de Septembre, puisqu'il en est fait mention dans l'*Arrêt de la Cour du Parlement de Paris*, du 3 septembre 1759, qui condamne le *Précis de l'Ecclésiaste et du Cantique des Cantiques* à être lacéré et brûlé. (Bengesco, I, 173, 625).

1566. — La Princesse de Navarre, comédie-ballet ; feste donnée par le roy en son château de Versailles, le mardi 23 février 1745. *De l'imprimerie de Ballard fils. Par exprès commandement de Sa Majesté, s. d.* [1745], in-8 de XVI et 106 pp., veau marb., dos orné, tr. rouges. (*Rel. anc.*).

Edition originale, ornée d'un beau frontispice par P. Baudouin. (Bengesco, I, 43, 179). — Qq. rousseurs.

1567. — La Pucelle d'Orléans, poème, divisé en quinze livres, par M. de V*** (Voltaire). *Louvain*, 1755, pet. in-8 de 2 ff. prélim. et 161 pp., mar. grenat, dent. int., tête dor., non rog. (*Pierson*).

Édition originale ; elle finit par 3 lignes de points et par ces mots : *Cœtera desunt*. Voltaire, qui l'a désavouée, la supposait imprimée à Francfort et publiée par Maubert, ex-capucin, qui avait eu entre les mains une mauvaise copie de son poème.
Exemplaire non rogné.

1568. — La Pucelle d'Orléans, poème en vingt-un chants. *A Genève (Cazin)*, 1777, pet. in-18, mar. rouge, dos sans nerfs orné, fil., dent. int., tr. dor. (*Rel. anc.*).

Orné d'un joli frontispice avec le portrait de Jeanne d'Arc en médaillon, au-dessus d'un bas-relief représentant le bûcher, par Marillier gravé par De Launay.

1569. — Recueil de pièces en vers et en prose, par l'Auteur de la tragédie de Sémiramis. *A Amsterdam* [*Paris, Lambert*], 1750, in-12 de 1 f. non ch. et 127 pp., veau marb., dos sans nerfs orné, tr. rouges. (*Rel. anc.*).

Ce volume parut à la fin de 1749. Ce n'est pas, comme l'écrit Barbier, une réimpression du *Recueil* de 1739-1740. Il contient : *Discours en vers sur l'homme*. — *Memnon* (édition originale). — *Sur l'encouragement des arts, épître à* ***. — *Le Temple de l'Amitié*. — *Des Embellissements de Paris* (édition originale). — *Babouc, ou le Monde comme il va* (première édition avec ce titre). — (Bengesco, IV, 220-21, 2197).

1570. — *Le même ouvrage*, même édition, cart. bradel perc. rouge, non rogné. (*Pierson*).

1571. — Recueil de pièces fugitives en prose et en vers, par Mr de V***. *S. l.* [*Paris, Prault*], 1740 [1739]. In-8 de 1 f. de titre, IV pp. de table 1 f. non ch., et 275 pp., cart. percal. grise, tr. rouges.

Première édition de ce recueil contenant : *Essai sur le siècle de Louis XIV. Discours en vers sur l'homme. Odes. Poésies diverses. Lettres familières. Madrigaux. Remarques servant d'éclaircissement sur les principaux sujets du Temple du Goût, etc.*
L'*Essai sur le siècle de Louis XIV* paraissait pour la première fois dans ce *Recueil*, qui « fut saisi, dit M. Desnoiresterres, le 24 novembre (1739) chez le beau-père du libraire, Desprès, un joaillier du Pont-au-Change, et supprimé par arrêt du Conseil du 4 décembre, pour avoir été imprimé sans permission et interposé clandestinement dans un magasin non déclaré aux officiers de la librairie ». (Bengesco, IV, 218-19, 2193).
Orné d'un fleuron sur le titre, par Boucher, gravé par Duflos.
Exemplaire cartonné aux pp. 46-47 (petite déchirure dans une marge).

1572. — Recueil de pièces intéressantes. *S. l. n. d.*, in-8, veau, dos sans nerfs orné, fil., milieux à froid, tr. rouges. (*Rel. anc.*).

Contient : I. Epitre du Diable à Monsieur de Voltaire, comte de Tournay, près Genève. 1762, 16 pp. — II. Le Pauvre Diable et autres pièces. 1762, 24 pp. — III. Dialogue entre deux pauvres diables, MM. Le Franc et Voltaire. 8 pp. — IV. Requête de Jérôme Carré aux Parisiens. 4 pp. — V. Le Russe à Paris. 16 pp. — VI. Plaidoyé de Ramponeau. 8 pp. — VII. Les Quand, les si, et les pourquoi. 32 pp.

On a relié à la suite : VIII. Discours prononcé dans l'église de Pompignan le jour de sa bénédiction, par M. de Reyrac. 1762, VIII et 40 pp. — IX. Lettre du Secrétaire de M. de Voltaire. 7 pp. — X. Lettre de M. de Voltaire à M. d'Alembert. 8 pp. — XI. Ce qui plaît aux dames. 15 pp. — XII. L'Education d'une fille. 7 pp. — XIII. Aux Plaisirs. 27 janvier 1764, 8 pp. — XIV. Lettre de M. de Vol.... à M. d'Am.... 1765, 16 pp. — XV. Doutes nouveaux sur le Testament attribué au cardinal de Richelieu, par M. de Voltaire. 1765, 71 pp. — XVI. Supplément du Discours aux Welches, avec une Lettre du libraire de l'Année littéraire à M. V. et la réponse de M. V. à cette lettre. 1764, 21 pp. — XVII. Lettre sur la nouvelle édition de Corneille par M. de Voltaire. 1764, 21 pp. — XVIII. Lettre contenant quelques observations sur la Lettre du Quakre. 16 pp.

1573. — Réunion de 3 pièces en 1 vol. in-8, veau fauve, dos orné, fil., tr. dor. (*Rel. anc.*).

I. **L'Enfant prodigue**, comédie en vers dissillabes (*sic*) représentée sur le Théâtre de la Comédie-Française le 10 octobre 1736. *A Paris, chez Prault fils*, 1738, in-8 de 4 ff. prél., 104 pp. et 1 f. non ch. — Edition originale. (Bengesco, I, 30, 118).

II. **La Mérope française**, avec quelques petites pièces de littérature. *A Paris, chez Prault fils*, 1744, in-8 de 2 ff., XXIV et 115 pp. — Edition originale. — Portrait de Voltaire, d'après Latour, et 2 figures, l'une gravée par Duflos, l'autre dessinée et gravée par Fessard. (Bengesco, I, 39, 152).

III. **Lettre à M. Norberg**, chapelain du roy de Suède Charles XII. *Londres*, 1744, in-8 de 16 pp. — Qq. mouillures.

1574. — Réunion de 3 ouvr. en 1 vol. pet. in-8, veau marb., dos orné, tr. rouges. (*Rel. anc.*).

Recueil contenant :

I. **LA TRAGEDIE DE SEMIRAMIS** et quelques autres pièces de littérature. *A Paris, chez Le Mercier et chez Lambert*, 1749, pet. in-8 de 1 f. de titre, 182 pp. et 1 f. non chif.

Edition originale. Fleuron sur le titre gravé par de Lafosse.

Sémiramis est précédée d'une *Dissertation sur la tragédie ancienne et moderne, à Son Eminence Mgr le cardinal Quérini, noble vénitien*, qui occupe les pp. 1 à 34, et suivie de : 1° l'*Eloge funèbre des officiers qui sont morts dans la guerre de 1741* (pp. 133 à 157) ; 2° un morceau intitulé *De Mensonges imprimés* (pp. 159 à 182).

II. **NANINE**, comédie en trois actes en vers de dix syllabes, donnée par l'auteur. *A Paris, chez Le Mercier et chez Lambert*, 1749, pet. in-8.

Edition originale. — Incomplet des trois dern. ff. (pp. 89 à 92).

III. **RECUEIL DE PIECES EN VERS ET EN PROSE**. *A Amsterdam* [*Paris, Lambert*], 1750, in-12 de 1 ff. et 127 pp.

Édition en partie originale. — Contient : Discours en vers sur l'homme Memnon. Sur l'encouragement des arts. Épitre à ***. Le Temple de l'Amitié. Des Embellissements de Paris. Baboue, ou le Monde comme il va.

1575. — Réunion de 4 pièces en 1 vol. in-8, demi-rel. bas. avec coins, tr. jasp. (*Rel. anc.*).

I. Lettre de M. de Voltaire à M. Hume. (*Ferney* [*Genève*] *ce 24 octobre* 1766). In-8 de 14 pp. — Édition originale de cette lettre qui fut écrite par Voltaire à l'occasion de la querelle qui s'était élevée entre J.-J. Rousseau et David Hume. (Bengesco, II, 183, 1729). — II. L'Épitre aux Romains, par le comte Passéran, traduite de l'italien. *S. l. n. d.* (*Genève*, 1768), in-8 de 42 pp. — Édition originale ; cond. par décret de la Cour de Rome. (Bengesco, II, 227, 1764). — III. Le Dîner du comte de Boulainvilliers, par Mr. St. Hiacinte. *A Amsterdam, chez M.-M. Rey*, 1768, in-8 de 48 pp. — IV. Lettre à François-Marie Polymathos. *S. l. n. d.*, in-8 de 35 pp. Cette dernière lettre est un des plus virulents pamphlets qui aient été écrits contre Voltaire ; c'est une défense de J.-J. Rousseau et Jean-Jacques pourrait bien en être l'auteur. — Taches et mouillures.

1576. — Romans et contes. Mélanges. Réunion de 6 vol.

I. Le Huron ou l'Ingénu. *A Lausanne*, 1767, 2 part. en 1 vol. in-12, cart. bradel demi-mar. grenat avec coins, dos orné, non rog. (*Pierson*). — II. L'Homme aux quarante écus. *S. l.*, 1768, in-8 de 119 pp., cart. bradel toile grise. (*Behrends*). — III. L'Homme aux quarante écus. *S. l.*, 1768, in-8 de 98 pp., veau marb., dos orné, fil., dent. int., tête dor. (*Vié*). — Qq. raccommod. — IV. L'Homme aux quarante écus. *A Paris, avec la permission de la docte chambre sindicale, en de Messeigneurs les Gras Fermiers généraux*, 1768, in-8 de 92 pp., cart. bradel, non rog. (*Pierson*). — V. Les Lettres d'Amabed, etc., etc., traduites par l'abbé Tamponet. — Par M. de V***. *A Genève*, 1770, pet. in-8 de 108 pp. et 1 f., cart. bradel demi-perc. (*Pierson*). — VI. Le Taureau blanc, traduit du syriaque. *S. l.*, 1774, in-8 de 1 f., 83 et L pp., cart. bradel perc. grise.

1577. — Rome sauvée, tragédie de M. de Voltaire, représentée pour la première fois à Paris par les comédiens français ordinaires du roy, le jeudi 24 février 1752. *A Berlin, chez Etienne de Bourdeaux*, 1752, in-12 de 1 f. et 106 pp., cart. bradel perc. grise.

Édition originale. (Bengesco, I, 51, 207).
On y a joint : La même tragédie. *Paris, Lambert*, 1753, pet. in-8 de XI pp., 1 p. et 64 pp., cart. bradel perc. grise. (Bengesco, I, 52, 209).

1578. — Les Scythes, tragédie, par M. de Voltaire. — Nouvelle édition, corrigée et augmentée sur celle de Genève. *Paris, Lacombe*, 1767, in-8, de XIV pp., 1 f. n. ch. et 78 pp., cart. bradel perc. grise, tr. peigne. (*Behrends*).

Edition originale. (Bengesco, I, 68, 266). (Qq. taches).
On a relié à la suite : Le Dépositaire, comédie en vers, en cinq actes. *A Genève, et se trouve à Paris, chez Valade*, 1772, in-8 de 91 pp. — *Edition originale*. (Bengesco, I, 72, 272).

1579. — Le siècle de Louis XIV, publié par M. de Francheville conseiller aulique de Sa Majesté, et membre de l'Académie roiale des sciences et belles lettres de prusse. *A Berlin, chez C.-F. Henning, imprimeur du Roi*, 1751, 2 vol. In-12 de 7 ff. non chiff., 488 pp. et 1 p. non chiff. pour l'errata du 1er vol. pour le tome I ; de 1 f. de titre, 466 pp. et 2 pp. non chif. pour l'errata des 2 vol. pour le tome II ; veau, dos orné, tr. rouges. (*Rel. anc.*).

Edition originale. — Ce livre n'est pas seulement intéressant parce que c'est la première édition d'un livre devenu classique, mais encore parce que c'est le premier ouvrage où Voltaire a imposé son orthographe propre. Partout, il remplaçait, aux imparfaits et dans nombre de mots, comme *foible*, *françois*, etc., les *o* par des *a*, et cette réforme a été consacrée par l'usage. — En outre, l'édition présente cette particularité : il n'y a pas une seule lettre capitale dans tout l'ouvrage, excepté en tête des paragraphes : « Je vois avec déplaisir, écrivait à ce sujet lord Chesterfield à son fils, Rome, Paris, la France, César, Henri IV, etc., en lettres minuscules, et je ne conçois pas qu'il y ait aucune raison de retrancher de ces mots les capitales, malgré un long usage. C'est une affectation au-dessous de Voltaire ». — (Bengesco, I, 340 et s., 1178). — Mouillures et rousseurs à qq. feuillets.

1580. — Les singularités de la nature, par un académicien de Londres, de Boulogne, de Pétersbourg, de Berlin, etc. *A Basle* [*Genève*], 1768, in-8 de VII et 131 pp., cart. bradel perc. rouge. (*Pierson*).

Edition originale de cet opuscule auquel Bengesco. (Cf. II, 228 et s., 1766) consacre une longue et intéressante notice.

1581. — Le Sottisier de Voltaire, publié pour la première fois d'après une copie authentique faite sur le manuscrit autographe conservé au Musée de l'Ermitage à Saint-Pétersbourg, avec une préface par L. Léouzon Le Duc. *Paris, Librairie des Bibliophiles*, 1880, in-8, broché, couv. imp.

Edition tirée à petit nombre, ornée d'un portrait de Voltaire gravé à l'eau-forte.
Un des 20 exemplaires num. sur papier de Chine.
On y a joint : **Sermon des Cinquante** par Arouet de Voltaire. *Paris, typ. Bécus*, 1878, plaq. in-12, pap. vergé, cart. bradel perc. rouge, tr. rouges.

1582. — Tancrède, tragédie en vers et en cinq actes, représentée par les comédiens français ordinaires du roi, le 3 septembre

1760. *A Paris, chez Prault, petit-fils*, 1760, in-8 de 6 ff. prélim. pag. de 1 à 12, pour le faux-titre, le titre et l'« épître à Madame la marquise de Pompadour » et 80 pp., cart. bradel perc. rouge. (*Pierson*).

Cette édition, non signalée par Bengesco, est conforme à la description qu'il donne de celle de 1761. Ce serait donc l'édition originale. (Cf. Bengesco, I, 58, 234). — L'exemplaire contient 1 portrait de Voltaire par Delatour (en double) et les 2 figures gravées par Tardieu, dont une en double. Il renferme, en outre, la figure satirique de Gravelot — fort rare — sur Martin Fréron, représentant « une lyre suspendue agréablement avec des guirlandes de fleurs et un âne qui brait de toute sa force en la regardant ». — Mouillures ; petite déchirure à la figure de Gravelot.

1583. — Le Temple du Goust. *S. l., chez Hierosme Print-All, à l'enseigne de la Vérité*, 1733, in-8 de 1 f. et 64 pp., demi-rel. mar. rouge, tête dor.

Edition originale, imprimée à Rouen, chez Jore. — Voltaire fut menacé d'une lettre de cachet pour avoir fait imprimer son poème sans permission. (Bengesco, I, 161, 602).

1584. — Le Temple du Goût, par M. de Voltaire. Edition véritable, Donnée par l'auteur. *A Amsterdam, chez Jacques Desbordes*, 1733, in-8, cart. bradel perc. noire.

« Voltaire, menacé d'une lettre de cachet, pour avoir fait imprimer son poème sans permission, dut « rebâtir un second *Temple* » et « ôter tout ce qui pouvait servir de prétexte à la fureur des sots et à la malignité des mauvais plaisants ». Il « embellit le tout par de nouveaux vers » et joignit à son poème de nouvelles notes, « plus instructives que les premières ». Mais malgré l'approbation de Crébillon, il ne put faire imprimer à Paris la véritable édition de son ouvrage. Cette édition — la présente — fut publiée en Hollande. Elle se compose de XIV et 48 pp. et est précédée d'une *Lettre de M. de V...* (Voltaire) à *M. de C...* (Cideville) en forme de préface. (Bengesco, I, 162, 602).

1585. — Théâtre. Réunion de 7 vol.

I. Oreste, tragédie, par M. Arouet de Voltaire. *A Paris, chez Lemercier et Lambert*, 1750, in-8 de 68 pp., cart. bradel perc. grise. (*Pierson*). — II. Saul et David, tragédie. D'après l'anglais, intitulé The Man after God's own heart. *Imprimé chez Robert Freeman in Pater-Noster Row*, 1760, in-8 de 43 pp., cart. bradel perc. rouge. (*Pierson*). — Première édition ; cachet et raccomm. au titre : mouill. — III. Zayre, tragédie. *A Avignon, chez Louis Chambeau*, 1760, in-8 de 50 pp., cart. bradel perc. grenat. (*Pierson*). — IV. Tancrède, tragédie. *Paris, Prault petit-fils*, 1761, in-8 de 80 pp., portrait lithog. ajouté, cart. bradel toile verte, tr. jasp. — V. Olympie, tragédie nouvelle de M. de Voltaire. *A Avignon, chez Louis Chambeau*, 1763, in-8 de 52 pp., cart. bradel perc. rouge. — VI. Les Loix de Minos, ou Astérie, tragédie en cinq actes. *A Paris, chez Valade*, 1773, in-8 de 2 ff. et 64 pp., cart. bradel perc. rouge. (*Pierson*) ; mouill. — VII. Sémiramis, tragédie par M. de Voltaire. *S. l.*, 1773, in-8 de 88 pp., cart. bradel perc. rouge. (*Pierson*).

1586. — Théâtre. Réunion de 7 vol.

I. Nanine, comédie en vers dissillabes. *A Paris, par la compagnie des libraires associés*, 1749, in-12 de 83 pp., broché. Première édition, désavouée par l'auteur ; mouillures. — II. Tancrède, tragédie en vers croisés, et en cinq actes. *A Paris, chez Prault petit-fils*, 1761, in-8 de 80 pp., portrait de Voltaire d'après De Latour, et 2 figures gravées par Tardieu ; cart. bradel perc. rouge. (*Pierson*) ; qq. mouill. — III. Tancrède, tragédie en vers et en cinq actes. *A Avignon, chez Louis Chambeau*, 1761, in-8 de 59 pp., cart. bradel perc. verte. (*Pierson*). — IV. Olympie, tragédie nouvelle de M. de Voltaire, suivie de remarques historiques. *A Francfort et Leipsick*, 1763, in-8 de 98 et XVI pp. — Le Somnambule, comédie. *A Paris, chez Prault fils*, 1739, in-8 de 1 f. et 53 pp., fleuron sur le titre. Ens. 2 ouv. en 1 vol. in-8, veau marb. dos orné, tr. rouges. (*Rel. anc.*). — V. Saül, tragédie tirée de l'Ecriture Sainte, par M. de Voltaire. *A Genève*, 1763, in-8 de 61 pp., veau marb., dos sans nerfs orné, tr. rouges. (*Rel. anc.*). — VI. Les Guèbres, tragédie par M. D*** M****. *S. l.*, 1769, in-8 de 82 pp., cart. bradel perc. viol. (*Pierson*). — VII. Zulime, tragédie par M. de Voltaire. *S. l.*, 1773, pet. in-8 de 74 pp., cart. bradel perc. rouge. (*Pierson*).

1587. — Traité sur la Tolérance [à l'occasion de la mort de Jean Calas]. *S. l.* [*Genève*], 1763, in-8 de IV, 211 pp., et 1 p. non ch. pour l'errata, veau marb., dos sans nerfs orné, tr. marb. (*Rel. anc.*).

Edition originale. — (Bengesco, II, 124, 1693).

1588. — Voyages et aventures d'une princesse babylonienne, pour servir de suite à ceux de Scarmentado. Par un vieux philosophe, qui ne radote pas toujours. *A. Genève*, 1768, in-8, cart. bradel perc. brune. (*Pierson*).

Première édition sous ce titre. — Exemplaire non rogné. — Interversion de ff.

1589. — Zayre, tragédie, représentée à Paris aux mois d'aoust, novembre et décembre 1732. *Imprimée à Rouen chez Jore père et fils, et se vend à Paris chez J.-B. Bauche*, 1733, pet. in-8, de 3 ff. non chiff., 95 pp. et 1 f.. cart. bradel demi-perc. bleue, tr. rouges.

Edition originale. (Bengesco, I, 14, 54).

1590. [**Voltaire et Chénier**]. Réunion de 3 ouvrages.

I. Jean Calas, tragédie en cinq actes, par Marie-Joseph Chénier. *A Paris, chez Moutard*, 1793, in-8, cart. bradel perc. grise, tr. rouges. (*Pierson*). — II. Pièces curieuses et intéressantes concernant la famille Calas, qui ont été fournies par M. de Voltaire. *Lausanne*, 1768, in-12, cart., non rog. — III. Avis au Public sur les parricides imputés aux Calas et aux Sirven, par M. de Voltaire. *Genève*, 1767, in 8, cart. bradel perc. rouge. (*Pierson*).

II. Livres modernes

Ouvrages illustrés. — Editions originales

1591. **Lafenestre** (Georges). Les Artistes de tous les temps. — Jehan Fouquet. *Paris, Librairie de l'Art*, 1905, in-4, front. gravé, nombr. reprod. dans le texte et hors texte, broché, couv. imp. (*Envoi d'auteur*).

1592. **La Fontaine**. Contes de La Fontaine, publiés par D. Jouaust avec une préface de Paul Lacroix. Dessins d'Ed. de Beaumont, gravés à l'eau-forte par Boilvin. *Paris, Librairie des Bibliophiles*, 1885, 2 vol. in-8, mar. rouge, dos orné, fil. et fleurons dor. sur les plats, bord. de mar. rouge avec encad. dor. à l'int. des plats, tête dor., non rog. (*Hathaway, à Boston*).

De la *Petite Bibliothèque Artistique*.
Un des 170 exemplaires num. sur papier de Hollande, contenant les gravures avec la lettre.

1593. **La Fontaine**. Contes [tomes III et IV des Œuvres complètes]. Nouvelle édition, très soigneusement revue sur les textes originaux avec un travail de critique et d'érudition... par Louis Moland. *Paris, Garnier frères, s. d.*, 2 tom. en 4 vol. gr. in-8, cart. demi-perc. grenat avec coins, non rog.

Edition illustrée de 6 figures de Staal, gravées sur acier par Delannoy.
On y a joint :

1. La suite complète de 1 frontispice et 70 vignettes (têtes de pages), gravés d'après Romain de Hooge de l'édition d'Amsterdam, Lucas, 1732; les figures, avec texte au verso, sont coupées au cadre et remontées.
2. La suite complète de 20 reproductions d'après Fragonard, publiée par Willem en 1879.
3. La suite de 38 gravures sur bois (sur 40), d'après G. Staal, publiée par Garnier frères.

4. La suite complète de 1 portrait et 93 fig. gravés par Duplessi-Bertaux, publiée par Leclère en 1861, épreuves en tirage à part sur Chine.
5. La suite complète de 166 eaux-fortes par Hillemacher (portrait, frontispice, en-têtes, culs-de-lampe, etc), publiée à Lyon par Scheuring en 1874; *une des 5 collections d'épreuves tirées à part sur Chine volant.*
6. Les 9 figures pour les *Contes* extraites de la 1re suite de Moreau le jeune, publiée par Renouard.
7. La suite complète de 40 vignettes d'après Cochin, réimpression de Roblin, 1879.
8. La suite complète de 9 eaux-fortes, dont un portrait, publiée par Bécus en 1878.
9. Les 9 figures pour les *Contes*, dont un portrait, extraites de la suite de Desenne publiée par Ménard et Desenne dans la *Bibliothèque Française.*
10. La suite de 1 portrait et 40 figures d'après Fragonard, Lancret, Boucher, etc., gravés à l'eau-forte par Courtry, Greux, etc., publiée chez Lemerre en 1877.
11. La suite complète de 32 figures sur bois, dont un frontispice, d'après T. Johannot, Roqueplan, Devéria, Boulanger, etc.
12. Une suite de 30 figures (sur 32) dessinées par Ducornet, André, Champion et A. Albert, de l'édition Braulart, 1835.
13. Les 75 vignettes de Desenne pour les *Contes*, extraites de la 2e suite publiée par Nepveu en 1820.
14. La suite complète des portraits de La Fontaine et d'Eisen et 83 figures d'après Eisen, réimpression de Barraud, 1874, de la suite dite des *Fermiers-Généraux*, épreuves sur papier de Chine.
15. 22 gravures diverses, dont plusieurs figures retournées de la suite dite des *Fermiers-Généraux.*

1594. **La Fontaine.** Fables, avec un nouveau commentaire littéraire et grammatical, dédié au roi, par Ch. Nodier. *Paris, A. Eymery*, 1818, 2 vol. in-8, cart. de l'époque, tr. jaunes.

Édition illustrée de 12 figures hors texte, gravées d'après les dessins de Bergeret.

1595. **La Fontaine.** Fables de La Fontaine. — Edition taille-douce. — *Paris, Leconte et Pougin; Gougel*, 1834, 2 vol. in-4, cart. bradel demi-vélin blanc avec coins, éb.

Très curieuse édition, dont il est fort difficile de trouver des exemplaires bien complets. — Elle comprend 255 feuillets de texte et dessins gravés, imprimés d'un seul côté, savoir : 2 ff. pour les titres, 1 f. avec notice sur La Fontaine, orné d'un portrait, 2 ff. de dédicace, 2 ff. de tables et 248 ff. pour les Fables, ornés chacun, à l'exception d'un seul, d'une grande vignette à mi-page exécutée, sous la direction du graveur Gouget, d'après les dessins de Werner. — (M. Georges Vicaire n'indique que 236 feuillets).

1596. **La Fontaine.** Fables. Edition illustrée par J.-J. Grandville. *Paris, Fournier et Perrotin*, 1838, 2 vol. in-8, demi-rel., veau bleu, dos sans nerfs orné en long, tr. marb. (*Rel. de l'époque*).

Premier tirage. — Frontispice sur Chine et 120 figures hors texte par J.-J. Grandville, gravés sur bois par Brévière, Porret, Laisné, Piaud, etc. (Qq. rousseurs).

1597. **La Fontaine.** Fables. — Edition illustrée par J. David, accompagnée d'une notice historique et de notes par le baron Walckenaer. *Paris, A. Aubrée, s. d.* (1837-1838), 2 tom. en 4 vol. gr. in-8, cart. bradel demi-perc. verte avec coins, non rog.

Edition illustrée de 1 portrait gravé par Choubard, tiré sur Chine monté, 2 frontispices coloriés, 12 titres de livres, 12 sujets hors texte et de nombreuses vignettes dans le texte, gravés sur bois d'après J. David.

Exemplaire auquel on a ajouté 732 portraits et figures, parmi lesquels :

1. La suite complète de 1 portrait et 11 figures de Bergeret, éd. Eymery 1818.
2. La suite de 1 portrait et 12 compositions de Bodmer, Daubigny, Detaille, Gérôme, etc., reproduits en héliogravure, éd. dite des *Douze peintres*, publiée par Jouaust, épreuves sur papier vergé.
3. La suite complète de 1 portrait et 12 figures gravées d'après T. Johannot et Moreau, éd. Furne, 1853.
4. Le tirage à part avec la lettre des 12 en-têtes dessinés par Percier, gravés par Girardet, Coiny, etc., éd. Didot, épreuves sur pap. de Chine.
5. La suite complète de 60 figures gravées par Ransonnette, d'après Desenne, Devéria, Susemilh, etc., publiée par Peytieux, épreuves avant toute lettre, en double état : en noir et en bistre, sur blanc.
6. La suite complète de 72 eaux-fortes par Courtry, Greux, Lemaire, etc., d'après Oudry, publiée par Lemerre en 1875.
7. La suite complète de 1 portrait et 50 vignettes gravés à l'eau-forte par Foulquier, éd. Mame, 1875, épreuves en tirage à part sur Chine.
8. La suite complète de 120 gravures sur bois d'après Grandville (2e suite), publiée par Garnier.
9. Une collection de 240 figures gravées par Fessard, d'après Bardin, Bidault, Desrais, Houel, Leprince, Monnet, etc. éd. de Paris, 1765-1775, épreuves coupées au cadre et remontées sur papier vergé.

1598. **La Fontaine.** Fables de La Fontaine, avec les dessins de Gustave Doré. *Paris, Hachette*, 1868, fort vol. pet. in-folio, texte encadré d'un double filet noir, demi-rel. chag. rouge, plats toile, tr. jasp.

Premier tirage des dessins de Gustave Doré, qui comprennent des vignettes et des fleurons dans le texte, et 84 grandes figures à pleine page, gravées sur bois. (Rousseurs).

1599. **La Fontaine.** Fables de La Fontaine. — Edition illustrée de 75 planches à l'eau-forte par A. Delierre. — *Paris, A. Quantin*, 1883, 2 vol. in-4, demi-rel. mar. vert avec coins, dos orné, tête dor., non rog. (*Allô*).

Edition d'amateur, imprimée à petits nombre, sur beau papier vélin, enrichie d'ornements d'après Bérain et illustrée de 75 grandes eaux-fortes par Delierre, tirées hors texte.

1600. **La Fontaine.** Fables, avec une préface par Théodore de Banville. — Compositions inédites de Moreau, gravées par Milius. *Paris, P. Rouquette*, 1883, 2 vol. in-18, titre r. et n., portr. et vign., cart. bradel vélin blanc à rec., titre calligraphié au dos, enc. de fil. rouges et noirs sur les plats, tête rouge, non rog. (*Henry-Joseph*).

Exemplaire sur papier vergé de Hollande.

1601. **La Fontaine**. Œuvres complètes. Nouvelle édition très soigneusement revue sur les textes originaux, avec un travail de critique et d'érudition, aperçus d'histoire littéraire, vie de l'auteur, notes et commentaires, bibliographie, etc., par Louis Moland. *Paris, Garnier frères, s. d.*, 7 vol. gr. in-8, fig., demi-rel. chag. bleu avec coins, dos orné, tête dor., non rog.

De la collection des *Chefs-d'Œuvre de la Littérature française*.

1602. **Laforgue** (Jules). L'Imitation de Notre-Dame la Lune selon Jules Laforgue. *Paris, Vanier*, 1886, plaq. in-12, cart. bradel demi-perc. vert d'eau avec coins, non rog., couv. cons. (*Henry-Joseph*).

Edition originale. (Petite réparation au 2e plat de la couv.).

1603. **Lahor** (Jean). (Henry Cazalis). L'Enchantement de Siva. *Paris*, 1891, in-8 de 15 pp., cart. bradel perc. verte, non rog, couv. cons.

Edition originale.
Tirage à part à quelques exemplaires, sur papier vergé, de ce poème paru dans la *Revue Bleue*. — Envoi autographe signé de l'auteur.

1604. **Lahor** (Jean) (Henry Cazalis). L'Illusion (poésies). *Paris, Lemerre*, 1875, in-12, cart. bradel demi-perc. fant. avec coins, tête jasp., non rog., couv. cons. (*Pierson*).

Edition originale. — Billet autographe signé de l'auteur, ajouté.

1605. **Lahor** (Jean). (Henry Cazalis). L'Illusion. Troisième édition, revue et augmentée. *Paris, Lemerre*, 1893, 2 vol. in-12, brochés, couv. imp.

Edition en partie originale.
Un des quelques exemplaires tirés sur papier de Hollande, portant, sur le feuillet de garde, un envoi autographe signé de l'auteur.

1606. **Lahor** (Jean) (Henry Cazalis). Melancholia (poésies). *Paris*,

Lemerre, 1868, in-12, cart. bradel demi-perc. fant. avec coins, non rog., couv. cons. (*Pierson*).

Edition originale. Rare. — Bel exemplaire portant, sur le feuillet de garde, un envoi autographe signé de l'auteur. — Billet autographe du même, sur carte de visite, ajouté.

1607. **Lahor** (Jean) (Henry Cazalis). Les Quatrains d'Al-Ghazali. *Paris, Lemerre*, 1896, in-12, broché, couv. imp.

Edition originale.

1608. **Lamartine** (A. de). Bossuet. *Paris, Michel Lévy frères*, 1864, in-12, demi-rel. mar. violet à long grain avec coins, dos sans nerfs orné en long, tête éb., non rog., couv. cons. (*Henry-Joseph*).

Première édition séparée. — Exemplaire lavé et encollé.

1609. **Lamartine** (Alphonse de). Chant du Sacre ou la Veille des Armes. *Paris, Baudouin frères et Urbain Canel*, 1825, in-8 de 2 ff. et 64 pp., demi-rel. mar. bleu avec coins, dos plat orné en long genre romantique, non rog., couv. cons. (*Champs*).

Edition originale.
Exemplaire du premier tirage, contenant le texte des pp. 19-20 dans son intégralité, entièrement non rogné, lavé et encollé, avec la couverture.

1610. **Lamartine** (A. de). Le Dernier chant du pèlerinage d'Harold. *Paris, Dondey-Dupré; Ponthieu*, 1825, in-8, demi-rel. mar. violet, dos sans nerfs orné, tr. dor., couv. cons. (*Henry-Joseph*).

Edition originale
Exemplaire lavé et encollé.

1611. **Lamartine** (A. de). Discours sur les enfants trouvés. *Paris, imp. de A. Henry*, 1838, in-8 de 30 pp., cart. bradel demi-perc. bleue avec coins, non rog., couv. cons. (*Henry-Joseph*).

Edition originale.

1612 **Lamartine** (A. de). Harmonies poétiques et religieuses. — Troisième édition. *Paris, Ch. Gosselin*, 1830, 2 vol. in-8, demi-rel. mar. bleu clair avec coins, dos orné en long, tête dor., non rog., couv. cons. (*Champs*).

Edition absolument semblable à l'édition originale. — Bel exemplaire lavé et encollé, bien relié.

1613. **Lamartine** (A. de). Jocelyn. Episode. Journal trouvé chez un curé de village. — Edition originale. *Paris, Gosselin et Furne*, 1836, 2 vol. — La Chute d'un ange, épisode. — Edition originale. *Id., Gosselin et Coquebert*, 1838, 2 vol. — Ens. 4 vol. in-16, cart. bradel demi-perc. avec coins, non rog., couv. cons. (*Henry-Joseph*).

Premières éditions dans ce format. (Le premier ouvrage est assez fortement ébarbé ; mouillures et rousseurs).

1614. **Lamartine** (A. de). Méditations poétiques. Troisième édition. *Paris*, 1820, pet. in-8, demi-rel. mar. violet, dos orné or et à froid, tr. dor. (*Henry-Joseph*). — Nouvelles méditations poétiques. Deuxième édition, revue et corrigée. *Id., U. Canel ; Audin*, 1824, in-8, veau violet, dos et plats ornés or et à froid, enc. de 5 fil. à l'int., tr. dor. (*Purgold*). — Recueillements poétiques. — Edition originale. *Id., Gosselin*, 1839, in-18, demi-relᵗ veau fauve, dos orné or et à froid, tr. jasp. (*Rel. de l'époque*).

Nombreuses notes au crayon dans les marges du second ouvrage, indiquant les changements apportés au texte de l'édition originale.

1615. **Lamartine** (A. de). Poésies inédites de Lamartine, publiées par Mme Valentine de Lamartine et précédées d'une préface de M. de Laprade, avec un portrait de l'auteur à 23 ans, gravé par G. (sic pour Léopold) Flameng d'après une sépia de Mlle de V***. *Paris, Hachette ; Furne, Jouvet et Cie*, 1873, in-8, demi-rel. mar. bleu avec coins, dos plat orné en long, tête dor., non rog., couv. cons. (*Champs*).

Edition originale. — Bel exemplaire.

1616. **Lamartine** (A. de). Raphaël, pages de la vingtième année. *Paris, Perrotin*, 1849, in-8, demi-rel. veau olive avec coins, dos sans nerfs orné en long, tête dor., non rog., couv. cons. (*Henry-Joseph*).

Edition originale. — Exemplaire lavé et encollé.

1617. **Lamartine** (A. de). Régina, 1 vol. — Rustem, 1 vol. *Paris, Michel Lévy frères*, 1862-1863 ; ens. 2 vol. in-12, demi-rel. mar. bleu clair avec coins, dos sans nerfs orné en long, tête dor., non rog., couv. cons. (*Henry-Joseph*).

Premières éditions séparées. — Exemplaires lavés et encollés, bien reliés.

1618. **Lamartine** (A. de). Souvenirs, impressions, pensées et paysages pendant un voyage en Orient (1832-1833), ou notes d'un voyageur. *Paris, Gosselin ; Furne*, 1835, 4 vol. in-16, portr., fig. et cartes, demi-rel. veau vert olive avec coins, dos sans nerfs orné en long, non rog., couv. cons. (*Henry-Joseph*).

Première édition dans ce format. (Qq. rousseurs).

1619. **Lamartine** (A. de). Sur la politique rationnelle. *Paris, Ch. Gosselin*, octobre 1831, in-8, cart. bradel demi-percal. grenat avec coins, non rog., couv. cons. (*Henry-Joseph*).

Edition originale. (Petite réparation au 2e plat de la couv. ; les 4 pp. de catalogue. manquent).

1620. **Lamartine** (A. de). Toussaint Louverture, poème dramatique. *Paris, Michel Lévy frères*, 1850, in-8, demi-rel. veau rouge, dos sans nerfs orné en long, tête dor., non rog., couv. cons. (*Henry-Joseph*).

Edition originale. — Exemplaire lavé et encollé.

1621. **Lamartine** (A. de). Trois mois au pouvoir. *Paris, Michel Lévy frères*, 1848, in-12, demi-rel. mar. violet à long grain avec coins, dos sans nerfs orné en long, tête éb., non rog., couv. cons. (*Henry-Joseph*). — Lettre de M. Alphonse de Lamartine à M. Casimir Delavigne, qui lui avait envoyé son Ecole des vieillards. *Id., U. Canel*, 1824, in-18 de 14 pp., cart. bradel demi-mar. bleu avec coins, tête dor., non rog. — Lamartine à Macon, discours à ses compatriotes de Saône-et-Loire. Novembre 1848. *Id., Perrotin*, 1848, plaq. in-12, cart. bradel demi-perc., non rog.

Editions originales. — Le premier ouvrage est lavé et encollé.

1622. **Lamennais.** De la servitude volontaire ou le contr'un, par Estienne de La Boétie (1548), avec les notes de M. Coste et une préface de F. de La Mennais. *Paris, Daubrée et Cailleux*, 1835, in-8, demi-rel. mar. bleu à long grain avec coins, dos orné en long, tête dor., non rog., couv. cons. (*Henry-Joseph*).

Edition originale de l'importante préface de Lamennais, qui occupe 57 pp. (La couv. porte la mention 2e édition).

On y a joint, du même auteur ; Le Livre du Peuple. *Paris, Pagnerre*, 1838, in-18, cart. bradel demi chag. rouge, tête dor., non rog., couv. cons. — Une voix de prison. *Ibid., id.*, 1844, in-18, demi-rel. veau brun, tête rouge, non rog., couv. cons.

1623. **Lamennais.** Le Livre du Peuple. *Paris, Delloye; V. Lecou*, 1838, in-8, veau bleu, dos orné, larges orn. gaufrés à froid couvrant les plats, dent. int., tr. dor. (*Rel. de l'époque*).

Edition originale. (Qq. rousseurs ; petit cachet sur les faux-titre et titre).

1624. **Laprade** (Victor de). Le Livre d'un père. — Illustrations par E. Froment, gravées par E. Matthis. *Paris, Hetzel, s. d.*, gr. in-8, cart. bradel demi-perc. vert clair, non rog., couv. cons. (*David*).

Edition originale.
On y a joint, du même auteur : Idylles héroïques. *Id., Michel Lévy frères*, 1858, in-12, demi-rel. chag. bleu, dos sans nerfs orné, non rog., couv. cons. (*Azario*). — Edition originale.

1625. **La Rochefoucauld.** Maximes et réflexions morales du duc de La Rochefoucauld. *A Parme, de l'imp. Bodoni*, 1811, in-4, pap. vélin, demi rel. chag. violet avec coins, enc. de fil. dor. au dos, tête dor., éb.

Edition remarquable par la perfection de sa typographie.

1626. **Lavallée** (Th.). La Famille d'Aubigné et l'enfance de Mme de Maintenon, suivi des Mémoires inédits de Languet de Gergy, archevêque de Sens, sur Mme de Maintenon et la cour de Louis XIV. *Paris, H. Plon*, 1863, in-8, cart. bradel perc. bleue, tête jasp., non rog., couv. cons. (*Henry-Joseph*).

Edition originale.

1627. **Legendre** (Louis). Le Bruit et le Silence, poésies. *Paris, Fasquelle*, 1907, in-12, broché, couv. imp.

Edition originale.
Un des 10 exemplaires num. sur papier de Hollande.

1628. **Legendre** (Louis). Cynthia, comédie en un acte, en vers, 1 vol. — Colibri, comédie en un acte, en vers, 1 vol. — Jean Darlot, drame en trois actes, 1 vol. — Mademoiselle Morasset, pièce en 3 actes, 1 vol. *Paris, Ollendorff (et Lemerre)*, 1885-1899, ens. 2 plaq. et 2 vol. in-12, brochés, couv. imp.

Editions originales.

1629. **Legendre** (Louis). Musiques d'automne, poésies. *Paris, Fasquelle*, 1904, in-12, broché, couv. imp.

Edition originale.
Un des 10 exemplaires num. sur papier de Hollande.

1630. **Lemaitre** (Jules). Révoltée, pièce en quatre actes, 1 vol. — L'Aînée, comédie en quatre actes, cinq tableaux, 1 vol. *Paris, Calmann Lévy*, 1889-1898, 2 vol. in-12, cart. bradel perc. ocre, non rog., couv. cons. (*Henry-Joseph*).

Le 2e ouvrage est en édition originale.

1631. **Le Sage**. Histoire de Gil Blas de Santillane. — Vignettes par Jean Gigoux. *Paris, Paulin*, 1835, gr. in-8, front. sur chine volant, demi-rel. veau bleu foncé, dos sans nerfs orné, tr. marb. (*Rel. de l'époque*).

Premier tirage. — Exemplaire sans rousseurs.

1632. **Littré** (E.). Dictionnaire de la langue française (avec Supplément). *Paris, Hachette et Cie*, 1889, 5 vol. in-4, demi-rel. chag. vert, plats toile, fil. à froid, tr. jasp.

1633. **Livre des Ballades** (le). Soixante ballades choisies. (précédées de l'Histoire de la ballade, par Ch. Asselineau). *Paris, Lemerre*, 1876, in-8, pap. vergé, titre r. et n., texte encadré de fil. rouges, broché, couv. imp.

1634. **Livre des Sonnets** (le). Dix dizains de sonnets choisis (précédés de l'Histoire du sonnet, par Ch. Asselineau). *Paris, Lemerre*, 1874, in-8, titre r. et n., texte encadré de fil. r., mar. citron jans., dent. int., tête dor., non rog., couv. cons. (*Pagnant*).

Un des 50 exemplaires num. sur papier de Chine.

1635. **Livre des Têtes de bois** (le). *Paris, Charpentier*, 1883, gr. in-8, eaux-fortes et dessins, cart. bradel perc. marron, sujets, titres et fil. calligraphiés sur le dos et les plats, tête teintée coul. bois, non rog., couv. cons. (*Henry-Joseph*).

Recueil de nouvelles et poésies, la plupart inédites, par Saint-Juirs, G. de Maupassant, A. Mérat, etc.
Un des 50 exemplaires num. sur papier de Hollande.

1636. **Livre d'Or de Victor Hugo** (le) par l'élite des artistes et des écrivains contemporains. *Paris, H. Launette*, 1883, pet. in-4, broché, couv. ill.

Choix des plus belles études consacrées à Victor Hugo par nos meilleurs écrivains, avec de nombreuses illustrations dans le texte et plus de 120 héliogravures sur cuivre, tirées en taille-douce, hors texte.

d'après les tableaux inspirés par les œuvres du poète aux meilleurs maîtres modernes.

Un des 200 exemplaires num. sur papier du Japon, contenant les illustrations avant la lettre

1637. **Livres illustrés**. Réunion de 5 vol.

I. **Roujon** (Henry). Miremonde ; préface de M. Alexandre Dumas fils. Illustrations de M. G. Mendez. *Paris, Paul Ollendorff*, 1895, in-12 allongé, chag. brun, fil. sur le dos, plaques de laque japonaise, fil. et dent., tête do., non rog., couv. cons. (*Pierson*). — Exemplaire sur papier de Chine, avec un envoi autographe signé de l'auteur. — II. **Aristophane**. Lysistrata. Traduction nouvelle avec une introduction et des notes par Ch. Zévort. Edition ornée de plus de 100 gravures par Notor, reproduites en couleurs d'après les documents authentiques des musées d'Europe. *Paris, Fasquelle*, 1898, in-12, broché, couv. ill. (Premier tirage ; dos cassé). — III. **Loti** (Pierre). Madame Chrysanthème. Dessins et aquarelles de Rossi et Myrbach. Gravure de Guillaume frères. *Paris, Calmann Lévy*, 1888, in-8, cart. bradel cuir japonais gaufré et teinté, tête jaune, non rog., couv. ill. cons. (Premier tirage). — IV. **Bourget** (Paul). Cosmopolis, roman, illustré d'aquarelles par Duez, Jeanniot et Myrbach. *Paris, Lemerre*, 1893, in-8, demi-rel. mar. grenat avec coins, tête dor., non rog., couv. ill. cons. (Premier tirage). — V. **Gautier** (Judith). Les Musiques bizarres à l'Exposition de 1900. — La Musique chinoise transcrite par Benedictus. *Paris, Ollendorff*, 1900, in-8, cart. ill. de l'édit.

1638. **Lorrain** (Jean). Le Sang des Dieux. Avec un dessin d'après Gustave Moreau. *Paris, Lemerre*, 1882, in-12, débroché, couv. imp.

Edition originale.

Exemplaire auquel on a ajouté une poésie autographe signée de l'auteur, intitulée *La Mort des lys*, dédiée à Judith Gauthier.

1639. **Lorrain** (Jean). Viviane, conte en un acte. *Paris, Giraud et Cie*, 1885, plaq. in-8, brochée, couv. imp.

Edition originale. Très rare. — Envoi autographe signé de l'auteur.

1640. **Loti** (Pierre). Pêcheur d'Islande, roman. *Paris, Calmann Lévy*, 1886, in-12, demi-rel. mar. vert avec coins, dos orné au pointillé avec fleurons mos., tête dor., non rog. (*Allô*).

Edition originale. — Billet autographe signé de l'auteur, ajouté.

1641. **Louvet de Couvray**. Amours du chevalier de Faublas. — Nouvelle édition. *Paris, chez tous les libraires*, 1884, 4 vol. in-18, brochés, couv. imp.

Edition ornée de 4 figures gravées sur acier par Champollion, d'après Marillier et Monsiau. — Un des 150 exemplaires num. sur papier de Hollande, contenant les figures avant la lettre.

1642. **Louys** (Pierre). Aphrodite, mœurs antiques. *Paris, Société du Mercure de France*, 1896, in-12, cart. bradel chag. brun, plaque de laque japonaise encastrée dans chaque plat avec enc. de fil. dor., tr. dor., couv. cons.

Edition originale. — Envoi autographe signé de l'auteur, sur le faux-titre.

1643. **Louys** (Pierre). Aphrodite, mœurs antiques. — Illustrations de A. Calbet. *Paris, Borel*, 1896, in-12 all., cart. bradel mar. brun, dos orné en long, plaque de laque japonaise encastrée dans chaque plat, avec enc. de fil. dor., tête dor., non rog., couv. cons. (*Henry-Joseph*).

Premier tirage des jolies compositions de Calbet.
Exemplaire auquel on a ajouté le tirage à part d'une partie des illustrations en double épreuve : en noir et en bistre, sur papier de Chine.

1644. **Louys** (Pierre). Archipel. *Paris, Fasquelle*, 1906, in-12, broché, couv. imp.

Edition originale. — Bel exemplaire portant, sur le faux-titre, un envoi autographe signé de l'auteur.

1645. **Louys** (Pierre). Byblis. — Compositions en couleurs de Henri Caruchet. — Préface par Gilbert de Voisins. *Paris, Ferroud*, 1901, in-8, cart. bradel demi-mar. bleu avec coins, tête dor., non rog., couv. et dos cons. (*Champs*).

Edition tirée à 300 exemplaires num. — Un des 200 sur papier vélin d'Arches.

1646. **Louys** (Pierre). Les Chansons de Bilitis, traduites du grec. — Edition ornée de 300 gravures et de 24 planches en couleurs hors texte par Notor, d'après des documents authentiques des Musées d'Europe. *Paris, Charpentier et Fasquelle*, 1900, in-12, cart. bradel chag. grenat, dos orné, plaque de laque japonaise encastrée dans chaque plat, avec fil. et orn. dor., tête dor., non rog., couv. ill. cons. (*Pierson*).

1647. **Louys** (Pierre). L'Homme de pourpre. — Illustrations de F. Schmidt. *Paris, Borel*, 1901, in-18, cart. bradel chag. grenat, dos orné en long, plaque de laque japonaise encastrée dans chaque plat, tête dor., non rog., couv. cons. (*Henry-Joseph*).

De la *Collection Myosotis*.
Envoi autographe signé de l'auteur.

1648. **Louys** (Pierre). Sanguines. *Paris, Fasquelle*, 1903, in-12, cart. bradel mar. brun, dos orné en long, plaque de laque japonaise encastrée dans chaque plat avec enc. de fil. dor., tr. dor., couv. cons. (*Henry-Joseph*).

Edition originale. — Envoi autographe signé de l'auteur.

1649. **Lucrèce**. The Nature of things, a didactic poem, translated from the latin of Titus Lucretius Carus, accompanied with the original text... by John Mason Good. *Londres*, 1805, 2 vol. in-4, 2 front. par Burney, grav. par Walker, demi-rel. mar. rouge à long grain avec coins, dos orné, non rog. (*Rel. anc.*). — Mouillures au 1er vol.

1650. **Mac-Nab**. Chansons du Chat Noir. Musique nouvelle ou harmonisée par Camille Baron. Illustrations de H. Gerbault. Couverture et titre de Ferdinand Bac, 1 vol. — Nouvelles chansons du Chat Noir. Musique nouvelle de Roland Kohr. Illustrations de H. Gerbault, 1 vol. — *Paris, au Ménestrel, s. d.*, ens. 2 vol. gr. in-8, cart. bradel perc. ocre, non rog., couv. cons. (*Henry-Joseph*).

Editions originales.

1651. **Maeterlinck** (Maurice). Le double Jardin. *Paris, Fasquelle*, 1904, in-12, broché, couv. imp.

Edition originale.
Un des 25 exemplaires num. sur papier de Hollande.

1652. **Maeterlinck** (Maurice). Serres chaudes. *Paris, Vanier*, 1889, pet. in-8 carré, cart. bradel cuir japonais gaufré, non rog., couv. cons. (*Pierson*).

Edition originale, ornée d'un frontispice et de culs-de-lampe dessinés par Georges Minne. — Tiré à 155 exemplaires num. sur papier Van Gelder. — Très rare.

1653. **Magny**. Les Odes d'Olivier de Magny, de Cahors en Quercy (Réimpression de l'édition de Paris, André Wechel, 1559) avec une introduction de P. Blanchemain. *Lyon, N. Scheuring*, 1876, pet. in-8, pap. vergé teinté, texte encadré d'un fil. rouge, cart. bradel cuir japonais gaufré et teinté, tête dor., non rog., couv. cons. (*Henry-Joseph*).

1654 **Maigron** (Louis). Le Romantisme et les mœurs d'après des documents inédits, 1 vol. — Le Romantisme et la mode..., 1 vol., fig. *Paris, H. Champion*, 1910-1911, ens. 2 vol. in-8, demi-rel. mar. grenat à long grain avec coins, dos orné en long, tête dor., non rog., couv. cons.

1655. **Maillard** (Léon). Etudes sur quelques artistes originaux. — Auguste Rodin, statuaire. — *Paris, H. Floury*, 1899, pet. in-4, titre r. et n., nombr. dessins inédits de Auguste Rodin, gravures à l'eau-forte et sur bois, par Ch. Courtry, Léveillé, Lepère, Bertrand, héliogravures en noir et en couleur, cart. bradel demi-perc. ocre, non rog., couv. ill. cons.

1656. **Maindron** (Maurice). Saint-Cendre. *Paris, Revue Blanche*, 1898, in-12, cart. bradel perc. ocre, non rog., couv. cons. (*Henry-Joseph*).

Edition originale.
Un des 25 exemplaires num. sur papier de Hollande. Très rare.

1657. **Maistre** (Xavier de). Voyage autour de ma chambre (suiv de l'*Expédition nocturne* et précédé d'une notice par Anatole France). *Paris, Lemerre*, 1878, pet. in-8, mar. rouge foncé jans., dent. int., tr. dor. (*Pagnant*).

De la *Bibliothèque Illustrée*.
Edition illustrée d'un portrait et 4 figures dessinés et gravés à l'eau-par Courtry et Dupont
Un des 50 exemplaires num. sur papier de Chine, contenant les eaux-fortes avant toute lettre en double épreuve ; en noir et en sanguine.

1658. **Mallarmé** (Stéphane). L'Après-Midi d'un Faune, églogue par Stéphane Mallarmé. Nouvelle édition, avec frontispice, ex-libris, fleurons et cul-de-lampe par Manet. *Paris, Vanier*, 1887, plaq. in-8, cart. bradel demi-perc. fant. avec coins, non rog., couv. cons. (*Pierson*).

Exemplaire sur papier du Japon.

1659. **Mallarmé** (Stéphane). Berthe Morizot (Mme Eugène Manet), avec portrait photogravé d'après Edouard Manet. — Préface par Stéphane Mallarmé. *Paris*, 1896, plaq. gr. in-8, portr., brochée, couv. imp.

Exemplaire sur papier vergé.

1660. **Mallarmé** (Stéphane). Villiers de l'Isle-Adam. Avec portrait gravé par Marcellin Desboutin. *Bruxelles, Paul Lacomblez*, 1892, pet. in-16 carré, broché, couv. imp.

Édition originale.

1661. **Malo** (Charles). Souvenirs historiques, esquisses moyen-âge et contemporaines, orné de huit vignettes anglaises. *Paris, L. Janet, s. d.*, in-16, veau olive, dos sans nerfs orné en long, comp. de fil. avec guirlande de rinceaux et fleurettes dor. sur les plats, bord. int. dor., tr. dor. (*Rel. romantique*).

1662. **Mariéton** (Paul). Hippolyta. *Paris, Lemerre*, 1902, in-12, broché, couv. imp.

Édition originale.
Un des 40 exemplaires num. sur papier de Hollande. — Envo d'auteur.

1663. **Marmontel**. Œuvres posthumes de Marmontel. — Mémoires. *Paris, Xhrouet*, an XIII (1804), 4 vol. in-8, portr., bas. rac., dos orné, tr. jaunes. (*Rel. anc.*).

Édition originale.

1664. **Marni** (J.). Pierre Tisserand, roman. *Paris, Ollendorff*, 1907, in-12, mar. rouge jans., doubl. et gardes de soie fant., encad. de 7 fil. dor. à l'int. des plats, tête dor., non rog., couv. et dos cons., étui gaîné.

Édition originale.
Un des 5 exemplaires num. sur papier de Hollande, dans une jolie reliure.

1665. **Marot** (Clément). Œuvres, annotées, revues sur les éditions originales, et précédées de la vie de Clément Marot, par Charles d'Héricault. *Paris, Garnier frères*, 1867, gr. in-8, portr., demi-rel. mar. La Vallière jans. avec coins, tête dor., non rog. (*David*).

Un des 150 exemplaires num. tirés sur papier de Hollande.

1666. **Martin** (Henry). Le Térence des Ducs. Avec une héliogravure en couleurs, un frontispice et trente-cinq héliogravures en noir reproduisant cent trente-deux miniatures. *Paris, Plon-Nourrit et Cie*, 1907, in-4, broché, couv. ill., dans un étui.

Tiré à 255 exemplaires num., sur papier vélin de cuve, dont 225 mis dans le commerce.

1667. **Massis** (Henri). Le Puits de Pyrrhon. *Paris, Sansot*, 1907, in-18. — La Pensée de Maurice Barrès. *Id., Mercure de France*, *s. d.* (1909), in-16, portr. et fac-simil. . – Ens. 2 vol. mar. tête de nègre jans., dent. int., tr. dor., couv. cons. (*Gruel*).

Editions originales. — Envoi d'auteur à chaque vol.

1668. **Masuccio**. Nouvelles choisies de Masuccio de Salerne (XVe siècle), littéralement traduites pour la première fois par Alcide Bonneau. *Paris, Liseux*, 1890, pet. in-8, broché, couv. imp.

Exemplaire sur papier vergé.

1669. **Maucroix**. Œuvres diverses publiées par Louis Paris. *Paris, Techener*, 1854, 2 vol. in-8, pap. de Holl., demi-rel. mar. vert avec coins, dos orné aux petits fers et au pointillé, tête dor., non rog. (*David*).

On y a joint : Mémoires de M. Fr. Maucroix, chanoine et sénéchal de l'église de Reims. *Société des Bibliophiles de Reims*, 1842, in-12, pap. vergé, cart. bradel perc. bleue, non rog., couv. cons. (*Henry-Joseph*).

1670. **Maupassant** (Guy de). Le Colporteur. *Paris, Ollendorff*, 1900, in-12, broché, couv. imp.

Edition originale.
Un des 100 exemplaires num. sur papier de Hollande.

1671. **Maupassant** (Guy de). Contes du jour et de la nuit. — Illustrations de P. Cousturier. *Paris, Marpon et Flammarion*, *s. d.*, in-12, cart. bradel chag. grenat, dos orné en long, plaque de laque japonaise encastrée dans chaque plat, fil., tête rouge, non rog., couv. ill. cons.

Edition originale.

1672. **Maupassant** (Guy de). Les Dimanches d'un Bourgeois de Paris. Dessins de Géo-Dupuis. Gravures sur bois de G. Lemoine. *Paris, Ollendorff*, 1901, in-12 carré, cart. bradel chag. grenat, dos orné en long, plaque de laque japonaise encastrée dans chaque plat, fil., tête rouge, non rog., couv. ill. cons.

Edition originale.

1673. **Maupassant** (Guy de). Fort comme la Mort. *Paris, Ollen-*

dorff, 1889, in-12, cart. bradel chag. grenat, dos orné en long, plaque de laque japonaise encastrée dans chaque plat, fil., tête rouge, non rog., couv. cons.

Edition originale. (Petite réparation au 1er plat de la couv.).

1674. **Maupassant** (Guy de). L'inutile Beauté. *Paris, Havard*, 1890, in-12, cart. bradel chag. grenat, dos orné en long, plaque de laque japonaise encastrée dans chaque plat, fil., tête rouge, non rog., couv. cons.

Edition originale.

1675. **Maupassant** (Guy de). Mont-Oriol. *Paris, Havard*, 1887, in-12, cart. bradel chag. grenat, dos orné en long, plaque de laque japonaise encastrée dans chaque plat, fil., tête rouge, non rog., couv. cons.

Edition originale.

1676. **Maupassant** (Guy de). Notre Cœur. *Paris, Ollendorff*, 1890, in-12, cart. bradel chag. grenat, dos plat orné en long, plaque de laque japonaise encastrée dans chaque plat, fil., tête rouge, non rog., couv. cons.

Edition originale.

1677. **Maupassant** (Guy de). Le Père Milon, contes inédits. *Paris, Ollendorff*, 1899, in-12, cart. bradel chag. grenat, dos orné en long, plaque de laque japonaise encastrée dans chaque plat, fil., tête rouge, non rog., couv. cons.

Edition originale.
Un des 75 exemplaires num. sur papier de Hollande.

1678. **Maupassant** (Guy de). Pierre et Jean. *Paris, Ollendorff*, 1888, in-12, cart. bradel chag. grenat, dos orné en long, plaque de laque japonaise encastrée dans chaque plat, fil., tête rouge, non rog., couv. cons.

Edition originale.

1679. **Maupassant** (Guy de). Toine. — Illustrations de Mesplès. *Paris, Marpon et Flammarion, s. d.*, 1 vol. — Sur l'eau. — Dessins de Riou. *Ibid., id.*, 1 vol. — La Paix du ménage, comédie en deux actes en prose. *Id.*, *Ollendorff*, 1893, 1 vol. — Le Colporteur. *Ibid.*, *id.*, 1900, 1 vol. — Ens. 4 vol. in-12, cart. bradel chag. grenat foncé, dos orné en long, plaque de laque japonaise encastrée dans chaque plat, fil., couv. cons.

Les 3 derniers ouvrages sont en édition originale ; le 1er et le 3e sont tête rouge, non rog. ; les 2 autres sont tranches dorées.

1680. **Ménard** (Louis). De la morale avant les philosophes. *Paris*, *Firmin-Didot*, 1860, in-8, broché, couv. imp.

Edition originale. Très rare. — Bel exemplaire.

1681. **Ménard** (Louis). Poèmes et Rèveries d'un païen mistiqe, par Louis Ménard, docteur ès-lètres. *Paris*, *Librairie de l'Art indépendant*, 1895, in-12, broché, couv. imp.

Première édition collective, imprimée sur le manuscrit transcrit suivant « l'ortografe filosofiqe ».

1682. **Ménard** (Louis). Rêveries d'un Païen mystique. — Préface de Maurice Barrès. — Portrait gravé à l'eau-forte par G. Noyon. *Paris*, *A. Durel*, 1909, gr. in-8, cart. bradel demi-mar. violet avec coins, tête dor., non rog., couv. cons. (*Durvand*).

Exemplaire imprimé spécialement pour M. H. Menod, sur vieux papier du Japon, contenant le portrait en 2 états : avant et avec la lettre.

1683. **Ménard** (René). La Mythologie dans l'art ancien et moderne, suivie d'un appendice sur les origines de la Mythologie, par Eugène Véron. Ouvrage orné de 823 gravures, dont 32 tirées hors texte. *Paris*, *Ch. Delagrave*, 1878, gr. in-8, demi-rel. mar. brun avec coins, fleurons au dos, tête dor., éb. (*Rel. de l'époque*).

Premier tirage.

1684. **Mendès** (Catulle). Le Roman d'une nuit, comédie. *Paris Doucé*, 1883, in-12, pap. vergé, cart. bradel demi-perc. fant. avec coins, non rog., couv. cons. (*Pierson*).

Edition originale, ornée d'un joli frontispice dessiné et gravé à l'eau forte et au vernis-mou par Félicien Rops.

1685. **Mercœur** (Elisa). Poésies. *Nantes*, *Mellinet-Malassis*, 1827, in-18, portr. lithog., broché, couv. ill.

Edition originale. (Petite tache sur le plat supérieur de la couv., mouillures).

1686. **Mérard de Saint-Just.** Son bouquet et vos étrennes ; hommage offert à Mme Bailli, épouse de M. Bailli, député de la commune de Paris à l'assemblée nationale... par M. de Mérard-Saint-Just. Pour tous les temps. [*A la fin*]. *De l'imp. de Didot l'aîné, ce* 12 *octobre* 1789, in-18, pap. vélin, demi-rel. mar. vert, dos orné, non rog. (*Thouvenin*).

Opuscule rare, tiré à 12 exemplaires seulement.

1687. **Mercier** (L.-S.). L'an deux mille quatre cent quarante, rêve s'il en fût jamais, suivi de l'Homme de fer, songe. — Nouvelle édition. *S. l.*, 1786, 3 vol. in-8, veau marb., dos orné, tr. rouges. (*Rel. anc.*).

Edition beaucoup plus complète que les précédentes ; elle renferme 38 chapitres nouveaux, ainsi que l'*Homme de fer* ; elle est ornée de 3 figures par Marillier. (Petite mouillure aux 3 ou 4 premiers ff. du tome II).

1688. **Mérimée** (Prosper). La Chambre bleue, nouvelle dédiée à Madame de la Rhune (l'Impératrice Eugénie). *Bruxelles, librairie de la Place de la Monnaie*, 1872, pet. in-8, titre orné d'une vign., cart. bradel mar. bleu, dos orné en long, plaque de laque japonaise, décorée de feuilles de vigne et grappes de raisin argentées, encastrée dans chaque plat, avec encad. de fil. dor. et au pointillé et fleurons aux angles, tête dor., non rog., couv. cons. (*Henry-Joseph*).

Première édition en librairie, tirée à 129 exemplaires seulement.

1689. **Mérimée** (Prosper). Chronique du règne de Charles IX. — Edition ornée de cent dix compositions par Edouard Toudouze. *Paris, E. Testard*, 1889, gr. in-8, demi-rel. mar. rouge avec coins, dos sans nerfs orné en long, tête dor., non rog., couv. et dos cons. (*Champs*).

Exemplaire sur papier vélin, auquel on a joint la suite des 8 eaux-fortes d'Eugène Abot, d'après E. Toudouze, et la préface de Francisque Sarcey.

1690. **Mérimée** (Prosper). Les Cosaques d'autrefois. *Paris, Michel Lévy frères*, 1865, in-12, cart. bradel demi-mar. olive, tête dor., non rog., couv. cons. (*Henry-Joseph*).

Edition originale.

1691. **Mérimée** (Prosper). Les Deux héritages, suivis de l'Inspecteur général et des Débuts d'un aventurier. *Paris, Michel Lévy frères*, 1853, in-12, demi-rel. mar. grenat foncé à long grain, avec coins, dos orné en long, tête dor., non rog., couv. cons. (*Pouillet*).

Edition originale. — Exemplaire lavé et encollé. (Un petit coin enlevé au bas de la marge de fond des 4 ou 5 premiers ff.).

1692. **Mérimée** (Prosper). La double méprise, par l'auteur du théâtre de Clara Gazul (Prosper Mérimée). *Paris, H. Fournier*, 1833, in-8, cart. bradel perc. marb., éb. (*Pouillet*).

Edition originale.

1693. **Mérimée** (Prosper). Episode de l'histoire de Russie. — Les faux Démétrius. *Paris, Michel Lévy frères*, 1853, 1 vol. — Mélanges historiques et littéraires. *Ibid., id.*, 1855, 1 vol. — Portraits historiques et littéraires. *Ibid., id.*, 1874, 1 vol. — Ens. 3 vol. in-12, cart. bradel demi-chag. olive, tête dor., non rog., couv. cons.

Editions originales. (Qq. légères rousseurs et petites taches).

1694. **Mérimée** (Prosper). Essai sur la guerre sociale. *Paris, Firmin Didot frères*, 1841, in-8, pl. de médailles, cart. demi-vélin blanc avec coins, tête jasp., non rog. (*Rel. de l'époque*).

Edition originale, tirée à 150 exemplaires seulement et non mise dans le commerce. Très rare. (Notes au crayon dans les marges de l'index ; petite réparation à 4 ff.).

1695. **Mérimée** (Prosper). Etudes sur l'histoire romaine. — I. Guerre sociale. — II. Conjuration de Catilina. *Paris, Magen*, 1844, 2 vol. in-8, demi-rel. mar. grenat à long grain, tête dor., non rog.

Edition originale.

1696. **Mérimée** (Prosper). La Guzla, ou choix de poésies illyriques, recueillies dans la Dalmatie, la Bosnie, la Croatie et l'Herzegowine. *Paris, Levrault*, 1827, in-12, fig., cart. de l'éditeur, couv. imp. collée sur les plats, non rog.

Edition originale, ornée d'un frontispice lithographié, représentant le joueur de Guzla, Hyacinthe Maglanovich.

1697. **Mérimée** (Prosper). La Jaquerie, scènes féodales, suivies de la Famille de Carvajal, drame, par l'auteur du théâtre de Clara Gazul. *Paris, Brissot-Thivars*, 1828, in-8, demi-rel. veau rouge avec coins, dos sans nerfs orné en long, tr. marb. (*Rel. de l'époque*).

Edition originale, sortie des presses de Balzac. Très rare. (Rousseurs).

1698. **Mérimée** (Prosper). Lettres à Panizzi (1850-1870). Publiées par Louis Fagan. *Paris, Calmann Lévy*, 1881, 2 vol. in-8, demi-rel. chag. brun jans., tête dor., non rog.

Edition originale.

1699. **Mérimée** (Prosper). Lettres à une inconnue [Mlle Jenny Dacquin], précédées d'une étude sur Mérimée par H. Taine. *Paris, Michel Lévy frères*, 1874, 2 vol. in-8, demi-rel. chag. brun jans., tête dor., non rog.

Edition originale. (Légères rousseurs).

1700. **Mérimée** (Prosper). Monuments historiques. — Rapport au ministre de l'Intérieur. *S. l. n. d.* (*Paris, imp. royale*, 1846), plaq. in-4 de 28 pp., cart. bradel perc. ocre. (*Henry-Joseph*).

Exemplaire auquel on a ajouté une feuille de 12 curieux dessins originaux de PROSPER MÉRIMÉE, à la plume.

1701. **Mérimée** (Prosper). Notes d'un Voyage en Auvergne. *Paris, H. Fournier*, 1838, in-8, cart. bradel demi-perc. fant., non rog.

Edition originale. (Manque le plan de l'église de Conques ; rousseurs).

1702. **Mérimée** (Prosper). Notes d'un voyage en Corse, par M. Prosper Mérimée. *Paris, Fournier jeune*, 1840, in-8, pl. hors texte, demi-rel. chag. noir, fil. à froid, tr. jasp. (*Rel. de l'époque*).

Edition originale. Rare.

1703. **Mérimée** (Prosper). Théâtre de Clara Gazul, comédienne espagnole. *Paris, A. Sautelet et Cie*, 1825, in-8, demi-rel. bas. fauve, fil., tr. jasp. (*Rel. de l'époque*).

Edition originale. Rare. (Rousseurs). — Ex-libris du marquis de Pastoret.

1704. **Mérimée** (Prosper). Théâtre de Clara Gazul, comédienne espagnole (par Prosper Mérimée). *Paris, H. Fournier jeune*, 1830, in-8, cart. bradel demi-perc. grise, non rog. (*Knecht*).

Seconde édition originale contenant deux pièces de plus que l'édition de 1825 : *L'Occasion* et le *Carrosse du Saint-Sacrement*. Rare.
Exemplaire non rogné, lavé et encollé, en tête duquel on a relié la notice de Maurice Tourneux sur les *Portraits de Mérimée*. (Réparation à qq. ff.).

1705. **Millaud** (Albert). Physiologies parisiennes. — Illustrations par Caran d'Ache, Job et Trick. *Paris, Librairie Illustrée, s. d.*, gr. in-8, demi-rel. chag. tête de nègre avec coins, dos orné, tête dor., éb.

Premier tirage de ce spirituel ouvrage, illustré d'un grand nombre de dessins dans le texte ou à pleine page.

1706. **Millevoye.** Œuvres de Millevoye. Edition publiée avec des pièces nouvelles et des variantes par P.-L. Jacob (Paul Lacroix). — 7 eaux-fortes par Ad. Lalauze. *Paris, Quantin*, 1880, 3 vol. in-8, mar. La Vallière jans., dent. int., tr. dor. (*Marius-Michel*).

Exemplaire de Paul Lacroix, imprimé sur papier Whatman, contenant les eaux-fortes en 2 états : avant la lettre, sur Chine, et avec la lettre, sur papier vergé, et portant, sur un feuillet de garde, un envoi autographe signé de Paul Lacroix au baron Double, dont l'ex-libris figure à chaque volume.

1707. **Millot** (l'Abbé). Abrégé de l'Histoire romaine, orné de 49 gravures, qui en représentent les principaux sujets. *Paris, Moutardier*, an XIII-1805, in-4, veau marb., dos orné, tr. marb. (*Rel. anc.*).

1 frontispice par Piauger, gravé par Tardieu, et 48 figures par Bolomey, Eisen, Gravelot et Gabriel de St-Aubin, gravées par Aveline, Gaucher, A. de Saint-Aubin, Tardieu, etc.
Exemplaire en médiocre état.

1708. **Mirabeau.** Lettres à Sophie, écrites du Donjon de Vincennes. *Paris, Dauthereau*, 1828, 6 vol. in-24, veau bleu, dos sans nerfs orné en long, bord. à froid avec enc. de fil. dor. sur les plats, tr. jasp. (*Rel. romantique*).

1709. **Mirbeau** (Octave). Le Journal d'une femme de chambre. *Paris, Fasquelle*, 1900, in-12, broché, couv. imp.

Edition originale.

1710. **Mistral** (Frédéric). Mireille, poème provençal. — Traduction française de l'auteur, accompagnée du texte original, avec 25 eaux-fortes dessinées et gravées par Eugène Burnand et 53 dessins du même artiste, reproduits par le procédé Gillot. *Paris, Hachette*, 1884, in-4, perc. blanche chagrinée, fers spéciaux, tr. dor. (*Cart. de l'éditeur*).

Premier tirage. — Exemplaire auquel on a ajouté *un grand dessin original, au crayon, d'EUGENE BURNAND*.

1711. **Mistral** (Frédéric). Nerte, nouvelle provençale, avec la traduction française en regard. *Paris, Hachette*, 1884, pet. in-8, cart. bradel demi-perc. fant. avec coins, tête jasp., non rog. (*Pierson*).

Edition originale.
On y a joint, du même auteur : Mes origines. — Mémoires et récits de Fr. Mistral. *Id., Plon*, 1906, in-12, broché, couv. imp. (*Edition originale*).

1712. **Molière**. Œuvres complètes de Molière, revues sur les textes originaux par Adolphe Régnier. *Paris, Imprimerie Nationale*, 1878, 5 forts vol. in-4, pap. vergé, brochés, couv. imp.

Très belle édition, exécutée à l'occasion de l'Exposition universelle de 1878.

1713. **Molmenti** (P.). Acque-forti dei Tiepolo, con prefazione di P. Molmenti. *Venise*, 1896, in-4, 165 pp. de reprod. d'eaux-fortes, broché, couv. imp. — Il Carpaccio e il Tiepolo (par le même). *Turin*, 1885, pet. in-8, broché, couv. imp. — Carpaccio, son temps et son œuvre (par le même). *Venise*, 1893, gr. in-8, broché, couv. ill. — Ens. 3 vol.

1714. **Molmenti** (Pompeo). Tiepolo. — La vie et l'œuvre du peintre ; ouvrage traduit par H.-L. de Perera, illustré d'un portrait en héliogravure et de 400 gravures en noir, tirées hors texte. *Paris, Hachette*, 1911, gr. in-8, broché, couv. imp.

Premier tirage.

1715. **Monluc** (Blaise de). Commentaires et lettres de Blaise de Monluc, maréchal de France. — Edition revue sur les mss. et publiée avec les variantes, pour la Société de l'Histoire de France, par M. Alph. de Ruble. *Paris, Vve J. Renouard*, 1864-1872, 5 vol. gr. in-8, pap. vergé, demi-rel. chag. brun, tête dor., éb.

1716. **Monnier** (Henry). Scènes populaires, dessinées à la plume par Henry Monnier, ornées du portrait de M. Prudhomme. (Quatrième édition). *Paris, Dumont*, 1836, 2 vol., fig. — Nouvelles scènes populaires.... *Ibid., id.*, 1839, 2 vol., fig. — Ens. 4 vol. in-8, demi-rel. bas. fauve, dos sans nerfs orné, tr. marb. (*Rel. de l'époque*).

Le dernier ouvrage est en édition originale.

1717. [**Montaigne**]. Documents inédits ou peu connus sur Montaigne, recueillis et publiés par le Dr J.-F. Payen. *Paris, Techener* (*et P. Jannet, Firmin Didot, etc.*), 1847-1861, 14 ouvr. en 2 vol. in-8, demi-rel. mar. brun, fil. à froid, tête dor., non rog. (*Rel. de l'époque*).

Réunion rare, illustrée d'un portrait, de figures et fac similés d'autographes.
Exemplaire provenant de la bibliothèque du comte de Montalivet, avec son ex-libris.

1718. **Montaigne.** Essais de Michel de Montaigne. Nouvelle édition. *Paris, Lefèvre*, 1818, 6 vol. in-16, cart. bradel demi-vélin blanc, non rog., couv. non imp. cons.

Précieux exemplaire ayant appartenu à Sainte-Beuve ; les nombreuses annotations, au crayon, que le célèbre critique avait écrites dans les marges, ont été relevées et commentées par Emile Faguet dans un article de la *Revue latine*. (Rousseurs).

1719. **Montaigne.** Essais, avec des commentaires et de nouvelles notices biographiques par Amaury Duval. *Paris, Chassériau*, 1820, 6 vol. in-8, demi-rel. veau olive, dos orné or et à froid, tr. marb. (*Rel. romantique*).

De la *Collection de Moralistes français*.
Exemplaire sur papier fin. (La rel. est en médiocre état ; rousseurs).

1720. **Montaigne.** Essais de Michel de Montaigne, avec les notes de tous les commentateurs. Edition publiée par J.-V. Le Clerc. *Paris, Lefèvre*, 1826, 5 vol. in-8, demi-rel. chag. brun avec coins, enc. de fil. dor. et à froid au dos, tr. jasp. (*Rel. de l'époque*).

De la *Collection des Classiques français* : (Rousseurs).

1721. **Montaigne.** Les Essais de Montaigne, accompagnés d'une notice sur sa vie et ses ouvrages, d'une étude bibliographique, de variantes, de notes, de tables et d'un glossaire par E. Courbet et Ch. Royer. *Paris, Lemerre*, 1872-1900, 5 vol. gr. in-8, portr., cart. bradel veau brun souple à recouv., tête dor., non rog., couv. cons. (*Henry-Joseph*).

De la *Collection Lemerre* (*Classiques français*).
Un des 26 exemplaires num. sur papier Whatman.

1722. **Montaigne.** Les Essais de Michel de Montaigne, publiés d'après l'exemplaire de Bordeaux, avec les variantes ms. et les leçons des plus anciennes impressions, des notices et un lexique par Fortunat Strowski. *Bordeaux*, 1906-1909, 2 vol. pet. in-4, pap. vergé, brochés, couv. imp.

1723. **Montesquiou** (Robert de). Les Perles rouges. — Les Paroles diaprées. — Edition définitive. *S. l.* (*Paris*), 1910, in-8, broché, couv. imp.

Exemplaire portant, sur le feuillet de garde un long envoi autographe signé de l'auteur, formant 3 quatrains.

1724. **Montpensier** (la duchesse de). Un ouvrage de piété inconnu de la Grande Mademoiselle, publié par E. Rodocanachi. *Paris, Emile-Paul*, 1903, pet. in-8, pap. vergé, mar. bleu, dos orné, comp. de fil. et dent. dor. aux petits fers, sur les plats, doubl. et gardes de moire bleue, dent. int., tr. dor., couv. cons. (*Gruel*).

Tiré à 150 exemplaires seulement. — Belle reliure de Gruel.

1725. **Moreau** (Hégésippe). Le Myosotis, petits contes et petits vers. *Paris, Desessart*, 1838, gr. in-8, demi-rel. mar. indigo avec coins, dos plat orné en long, tête dor., non rog. (*Bretault*).

Edition originale.
Exemplaire lavé et encollé, portant, sur le feuillet qui suit le titre, *une aquarelle originale d'AMBROISE*.

1726. **Moreau de Saint-Méry.** De la Danse, par Moreau de Saint-Méry, conseiller d'état, membre de plusieurs sociétés savantes et littéraires. *A Parme, imprimé par Bodoni*, 1803, in-18, demi-rel. mar. olive jans. avec coins, tête dor., non rog. (*Amand*).

1727. **Mouton** (Eugène). Zoologie morale. *Paris, Charpentier*, 1881-1882, 2 vol. pet. in-8 carré, front. gravé, demi-rel. mar. vert foncé avec coins, dos plat orné, tête dor., non rog., couv. cons. (*Petit*).

Edition originale.

1728. **Müntz** (Eugène). Léonard de Vinci. — L'artiste, le penseur, le savant. Ouvrage contenant 238 reproductions dans le texte, 20 planches en taille-douce et 28 planches en couleurs ou en noir d'après les œuvres du maître. *Paris, Hachette,* 1899, gr. in-8, broché, couv. ill.

Premier tirage de ce bel ouvrage, peu commun.

1729. **Mürger** (Henry). Ballades et fantaisies. *Paris, Michel Lévy frères,* 1854, in-18, cart. bradel perc., non rog., couv. cons. — Le Roman du Capucin. *Id., Libr. internationale,* 1869, in-12, cart. bradel demi-chag. brun, tête dor., non rog., couv. cons.

Editions originales. — Exemplaires lavés et encollés.

1730. **Muse Française** (La). *Paris, Ambroise Tardieu,* 1823-1824, 2 vol. in-8, cart. bradel demi-perc. bleue avec coins, non rog. (*Carayon*).

Bel exemplaire lavé et encollé d'un recueil rare, renfermant, entre autres choses, des pièces inédites de Victor Hugo, Alfred de Vigny, Charles Nodier, Delphine Gay, Desbordes-Valmore, etc.

1731. [**Musset** (Alfred de)]. Annales des Concours généraux, Philosophie, ou recueil de toutes les compositions qui ont été couronnées.... *Paris, Hachette,* 1828, in-8, bas. gran., dos orné, tr. marb. (*Rel. de l'époque*).

Contient le texte de la dissertation latine qui valut à Alfred de Musset, alors élève au collège royal de Henri IV, un second prix au Concours général de 1827.

Parmi les autres lauréats mentionnés dans ce recueil, on trouve : J.-J. Ampère, Elie de Beaumont, Gratry, Natalis de Wailly, Félix Arvers, etc.

1732. **Musset** (Alfred de). Le Chandelier, comédie en trois actes. *Bruxelles, Lelong,* 1848, in-18, mar. rouge jans., dent. int., tr. dor. (*De Samblanx et Weckesser*). — Exemplaire lavé et encollé. — Les Caprices de Marianne, comédie en deux actes, en prose. *Id., Jonker,* 1851, in-24, chag. grenat foncé, fil. sur le dos et les plats, dent. int., tête dor., non rog.

1733. **Musset** (Alfred de). Comédies et proverbes. *Paris, Charpentier,* 1847-1851, ens. 7 plaq. in-12, demi-rel. mar. rouge jans. avec coins, tête dor., non rog., couv. cons. (*Gruel*).

Collection comprenant : Un Caprice, comédie en un acte et en prose,

1847. — Il faut qu'une porte soit ouverte ou fermée, proverbe, 1848. (*Edition originale*). — Le Chandelier, comédie en 3 actes, 1848. — Le même ouvrage, 1850. Edition conforme à la représentation de la Comédie-Française. — Louison, comédie en deux actes et en vers, 1849. (*Edition originale*). — André del Sarto, drame en deux actes et en prose, 1851. Permière édition ne comportant que 2 actes. — Bettine, comédie en un acte et en prose, 1851. (*Edition originale*).

Beaux exemplaires lavés et encollés.

1734. **Musset** (Alfred de). Histoire d'un merle blanc, suivi de l'Oraison funèbre d'un ver à soie et de A quoi tient le cœur d'un lézard, par P.-J. Stahl (Hetzel). *Paris, Blanchard*, 1853, in-18, mar. bleu, fil. à froid sur le dos et les plats, tr. dor. (*Gruel*).

Edition originale. — Bel exemplaire dans une reliure de Gruel.

1735. **Musset** (Alfred de). Mademoiselle Mimi Pinson. Profil de Grisette. *Paris, Didier*, 1853, in-18, mar. bleu, fil. à froid sur le dos et les plats, tr. dor., couv. cons. (*Gruel*).

De la *Collection Diamant*.
Edition originale. — Bel exemplaire.

1736. **Musset** (Alfred de). Œuvres complètes, 10 vol. — Biographie d'Alfred de Musset, par Paul de Musset, 1 vol. — *Paris, Lemerre*, 1876-1877, ens. 11 vol. in-18, portr. gravés à l'eau-forte, brochés, couv. imp.

De la *Petite Bibliothèque Littéraire*.
Exemplaire de J. Claye, imprimeur de l'ouvrage, tiré sur papier Whatman, contenant les portraits en double épreuve, en noir et en sanguine.

1737. **Musset** (Alfred de). Un Rêve, ballade. — Cent cinquante vers inconnus, avec note bibliographique, suivie d'une notice des portraits du poète (par Maurice Tourneux). *Paris, P. Rouquette*, 1875, in-8 de 22 pp., cart. bradel perc. rouge, non rog., couv. cons.

Edition originale, tirée à 120 exemplaires. — Un des 10 sur papier Whatman.

1738. **Nain Jaune** (le) ou Journal des arts, des sciences et de la littérature. *Paris*, du 15 décembre 1814 au 15 juillet 1815, ens. 43 numéros en 2 vol. in-8, demi-rel. chag. citron avec coins, dos orné or et à froid, tr. jaunes. (*Henry-Joseph*).

Collection complète de cette curieuse et rare publication rédigée par Cauchois-Lemaire, Etienne, Merle et Jouy, très intéressante pour l'histoire des Cent-Jours ; accompagnée de 8 grandes planches de caricatures, coloriées, pliées.

On y a joint :

1° Le Nain vert, ou mélanges de politique. *Paris*, de juin au 26 août 1815 ; 17 nᵒˢ en 1 vol. in-8, demi-rel. chag. vert avec coins, tr. vertes. (*Picrson*).

Journal destiné à combattre le *Nain Jaune*.

2° Le Nouvel Homme gris. *Paris*, 1818-1819 ; 21 nᵒˢ en 2 vol. in-8, demi-rel. bas. brune avec coins, tr. jaunes. (*Rel. de l'époque*).

Journal libéral de la Restauration.

1739. **Nerval** (Gérard de). L'Académie, ou les membres introuvables, comédie satirique en vers, par Gérard. *Paris, Touquet*, décembre 1826, plaq. in-8, cart. bradel demi-perc. verte, non rog., couv. cons.

Edition originale. Rare. (Petite mouillure dans le haut de la marge des dern. ff.).

1740. **Nerval** (Gérard de). Choix des poésies de Ronsard, Dubellay, Baïf, Belleau, Dubartas, Chassignet, Desportes, Régnier ; précédé d'une introduction par M. Gérard. *Paris, Méquignon-Havard*, 1830, in-18, cart. bradel demi-perc. verte, non rog., couv. cons.

Très rare.

1741. **Nerval** (Gérard de). Contes et facéties. *Paris, Giraud et J. Dagneau*, 1852, in-18, cart. bradel perc. faut., tête dor., non rog., couv. cons.

Edition originale.

1742. **Nerval** (Gérard de). Les Filles du Feu. *Paris, D. Giraud*, 1854, in-12, cart. bradel demi-perc. fant., non rog.

Edition originale. — Envoi autographe signé de l'auteur sur le faux titre.

1743. **Nerval** (Gérard de). Les Illuminés [ou les Précurseurs du Socialisme]. Récits et portraits. *Paris, Victor Lecou*, 1852, in-12, cart. bradel demi-perc. ocre, non rog., couv. cons.

Edition originale.

1744. **Nerval** (Gérard de). Monsieur Dentscourt, ou le cuisinier d'un grand homme, tableau politique, à propos de lentilles, par M. Beuglant..... *Paris, Touquet*, 1826, in-32, demi-rel. mar.

rouge à long grain avec coins, non rog., couv. cons. (*Henry-Joseph*).

Opuscule curieux et rare.

1745. **Noailles** (Comtesse Mathieu de). Le Cœur innombrable (poésies). *Paris, Calmann Lévy, s. d.* (1901), in-12, cart. bradel soie brochée, tête dor., non rog., couv. cons. (*Henry-Joseph*).

Edition originale.
Un des 30 exemplaires num. sur papier de Hollande, portant un envoi autographe signé de l'auteur et auquel on a ajouté une lettre signée de Mme de Noailles.

1746. **Noailles** (Comtesse Mathieu de). L'Ombre des Jours. *Paris, Calmann Lévy, s. d.* (1902), in-12, cart. bradel soie brochée, tête dor., non rog., couv. cons. (*Henry-Joseph*).

Edition originale.
Un des 50 exemplaires numérotés sur papier de Hollande, portant un envoi autographe signé de l'auteur.

1747. **Nodier** (Charles). Adèle, par l'auteur de Jean Sbogar et de Thérèse Aubert. *Paris, Gide fils*, 1820, pet. in-12, demi-rel. veau rouge avec coins, dos orné or et à froid, tête dor., non rog., couv. cons. (*Henry-Joseph*).

Edition originale. — Bel exemplaire.

1748. **Nodier** (Charles). Le Bibliomane. — Vingt-quatre compositions de Maurice Leloir, gravées sur bois par F. Noël. — Préface de R. Vallery-Radot. *Paris, L. Conquet*, 1894, in-16, broché, couv. ill.

Tiré à 500 exemplaires num. — Un des 350 sur papier vélin du Marais.

1749. **Nodier** (Charles). Bibliographie entomologique, ou catalogue raisonné des ouvrages relatifs à l'Entomologie et aux insectes, avec des notes critiques et l'exposition des méthodes. *A Paris, chez Moutardier, an IX*, in-18, veau fauve, dos orné, fil., dent. int., tr. dor. (*Rel. romantique*).

Petit livre intéressant à divers titres. Nodier, quand il composa cette bibliographie, avait à peine 18 ans ; l'originalité et la clarté de la classification adoptée montre quelle était déjà la netteté de son esprit.
Exemplaire aux armes du marquis de Morante.

1750. **Nodier** (Charles). Franciscus Columna, dernière nouvelle de

Ch. Nodier, extraite du Bulletin de l'Ami des Arts, et précédée d'une notice par Jules Janin. *Paris*, 1844, in-12 carré, portr. lithogr. sur Chine monté, demi-rel. mar. chaudron avec coins, dos sans nerfs orné, tr. dor., couv. cons. (*Henry-Joseph*).

Edition originale. (Le portrait n'est pas celui indiqué par M. Georges Vicaire).

1751. — *Le même ouvrage*, même édition, demi-rel. mar. rouge clair avec coins, tête dor., non rog. (Le portrait est remplacé par celui gravé par Staal.; portrait de J. Janin ajouté ; *curieux fragment autographe de Ch. Nodier, sur la déclamation des actrices, ajouté*).

1752. **Nodier** (Charles). Histoire du roi de Bohême et de ses sept châteaux. *Paris, Delangle frères*, 1830, in-8, demi-rel. mar. héliotrope avec coins, dos plat orné en long, tête dor., éb. (*De Samblanx et Weckesser*).

Premier tirage de ce romantique recherché, illustré de 50 vignettes par Tony Johannot, gravées sur bois par Porret.
Exemplaire lavé et encollé.

1753. **Nodier** (Charles). Inès de las Sierras. *Paris, Dumont*, 1837, in-8, demi-rel. cuir de Russie grenat foncé à long grain avec coins, dos orné en long, tête dor. (*Henry-Joseph*). — La Neuvaine de la Chandeleur et Lydie, nouvelles. *Ibid.*, *id.*, 1840, in-8, même genre de rel.

Editions originales. — Exemplaires lavés et encollés ; le premier ouvrage est court de marges et porte un cachet de cabinet de lecture sur le titre.

1754. **Nodier** (Charles). Jean Sbogar. *Paris, Gide fils*, 1818, 2 vol. pet. in-12, mar. rouge, dos orné, fil., dent. int., tr. dor. (*Hardy*).

Edition originale. — Bel exemplaire.

1755. **Nodier** (Charles). Lord Ruthwen, ou les Vampires, roman de C. B. (Cyprien Bérard, d'Arles) publié par l'auteur de Jean Sbogar et de Thérèse Aubert. *Paris, Ladvocat*, 1820, 2 vol. pet. in-12, cuir de Russie, dos orné, fil. dor. et bord. à froid sur les plats, dent. int., tr. marb. (*Rel. de l'époque*).

Edition originale. — Lettre autographe signée de l'auteur, adressée à l'éditeur Eug. Renduel, ajoutée.

1756. **Nodier** (Charles). Mélanges tirés d'une petite bibliothèque, ou variétés littéraires et philosophiques. *Paris, Crapelet,* 1829, in-8, demi-rel. chag. grenat, tr. marb. (*Rel. de l'époque*). — Description raisonnée d'une jolie collection de livres (nouveaux mélanges tirés d'une petite bibliothèque). *Id., Téchener,* 1844, in-8, pap. vergé, demi-rel. mar. rouge jans., tête peigne, éb. — Catalogue de la bibliothèque de feu M. Ch. Nodier. *Ibid., id.,* 1844, in-8, cart. bradel perc. bleue, non rog.

Editions originales. — Le 3e ouvrage a les prix d'adjudication indiqués à l'encre dans les marges.

1757. **Nodier** (Charles). Œuvres. — Romans, contes et nouvelles (Tomes I à IV). *Paris, Renduel,* 1832, 4 vol. — Mademoiselle de Marsan. *Ibid., id.,* 1832, 1 vol. — Souvenirs de jeunesse, extraits des Mémoires de Maxime Odin. *Id., A. Levavasseur,* 1832, 1 vol. — Ens. 6 vol. in-8, demi-rel. veau bleu, dos sans nerfs orné en long. (*Henry-Joseph*).

Les 4 premiers volumes renferment : I. *Jean Sbogar.* — II. *Le peintre de Saltzbourg.* — *Adèle.* — *Thérèse Aubert.* — III. *Smarra.* — *Trilby. Mélanges.* — *Hélène Gillet.* — IV. *La Fée aux miettes.*

Les 2 autres ouvrages sont en édition originale. — Exemplaires lavés et encollés. (La marbrure des tranches n'a pas complètement disparu).

1758. **Nodier** (Charles). Poésies diverses de Ch. Nodier, recueillies et publiées par N. Delangle. *Paris,* 1827, in-18, demi-rel. veau olive, tête rouge, non rog.

Edition originale. — On a relié en tête de l'exemplaire la curieuse notice consacrée à Ch. Nodier, dans la *Galerie des Contemporains illustres,* par Louis de Loménie, avec un portrait gravé.

1759. **Nodier** (Charles). Les Proscrits. *Paris, Lepetit et Gérard,* an X (1802), pet. in-12, demi-rel. veau bleu, dos sans nerfs orné, tr. jasp. (*Henry-Joseph*).

Edition originale.

1760. **Nodier** (Charles). Questions de littérature légale (Du plagiat, de la supposition d'auteurs, des supercheries qui ont rapport aux livres). *Paris, Barba,* 1812, in-8, cart., portr. ajouté. (*Edition originale*). — Le même ouvrage, seconde édition, considérablement augmentée. *Id., Roret,* 1828, in-8, broché, couv. imp. — Bibliothèque sacrée grecque-latine. *Id., Thoisnier-Des-

places, 1826, in-8, broché, couv. imp. — Dictionnaire raisonné des onomatopées françoises. Seconde édition. *Id.*, *Delangle frères*, 1828, in-8, portr. ajouté, cart. bradel perc. grise, non rog., couv. cons. — Opuscules et articles de journaux, 21 pièces en 3 plaq. in-8, cart. bradel perc. crème, non rog. — Ens. 7 vol.

1761. **Nodier** (Charles). La Seine et ses bords. — Vignettes par Marville et Foussereau. *Paris*, 1836, in-8, demi-rel. veau fauve, dos sans nerfs orné, tête dor., non rog. (*Henry-Joseph*).

Premier tirage. — Vignettes dans le texte et 46 sujets tirés à part, gravés sur bois et 4 cartes hors texte.

Exemplaire lavé et encollé.

On y a joint, du même auteur : Trésor des fèves et fleur des pois. (Le Génie bonhomme. — Histoire du chien de Brisquet). Vignettes par Tony Johannot. *Paris, Hetzel*, 1844, in-12 carré, demi-rel. mar. rouge clair à long grain avec coins, dos orné, tr. dor. (Premier tirage, *Qq. taches et salissures*).

1762. **Nodier** (Charles). Smarra, ou les Démons de la Nuit, songes romantiques, traduits de l'esclavon du comte Maxime Odin. *Paris, Ponthieu*, 1821, pet. in-12, demi-rel. mar. grenat foncé jans., tête dor., non rog.

Edition originale. — Curieux frontispice dessiné et gravé par Tony Johannot, ajouté.

1763. **Nodier** (Charles). Les Tristes, ou mélanges tirés des tablettes d'un suicide, publiés par Charles Nodier. *Paris, Demonville*, 1806, in-8, demi-rel. cuir de Russie violet foncé avec coins, dos sans nerfs orné, non rog. (*Henry-Joseph*).

Edition originale.

1764. **Nogaret** (Félix). Le Fond du sac, ou Recueil de contes en vers et en prose et de pièces fugitives (par F. Nogaret). *Paris, Leclère*, 1866, in-12, front. et vign. par Duplessi-Bertaux, demi-rel. mar. rouge jans. avec coins, tête dor., non rog.

Exemplaire sur papier de Hollande, de format petit in-8, auquel on a ajouté le portrait de Buffon, sur Chine monté, et le tirage à part, à l'état d'eau-forte pure, du frontispice et des vignettes, à l'exception de la dernière.

1765. **Nouveau Décaméron** (Le). *Paris, Dentu*, 1884-1887, 10 vol. pet. in-8, pap. vergé, cart. bradel demi-vélin blanc, dos orné en long, tête dor., non rog., couv. cons. (*Paul Vié*).

Recueil de contes et nouvelles par les meilleurs auteurs modernes :

Th. de Banville, Fr. Coppée, G. de Maupassant, L. Cladel, Alph. Daudet, P. Arène, Anatole France, P. Bourget, J. Lemaître, etc. — Orné de 10 portraits-frontispices gravés par Abot et de 10 eaux fortes par Vogel, Mesplès et Fraipont, hors texte.

1766. **Nus** (Eugène) et Antony **Méray**. L'Empire des légumes. Mémoires de Cucurbitus Ier, recueillis et mis en ordre par Eugène Nus et Antony Méray. Dessins par Amédée Varin. *Paris, de Gonet, Martinet, s. d.* (1851), gr. in-8, demi-rel. mar. vert jans. avec coins, tête dor., non rog., couv. cons.

Premier tirage. — Ouvrage humoristique, illustré de 25 gravures dessinées par Amédée Varin, dont 1 frontispice et 23 figures gravées sur acier et 1 sur bois, coloriées au pinceau.

1767. **Orléans** (Charles d'). Poésies de Charles d'Orléans, père de Louis XII et oncle de François Ier, rois de France (publiées par P.-V. Chalvet). *Grenoble, Giroud*, 1803, pet. in-12, demi-rel. mar. bleu foncé à long grain avec coins, dos orné, tr. marb. (*Lanne*).

Edition originale de ce recueil de poésies, publiée d'après un ms. de la Bibliothèque de Grenoble.

1768. **Ouvrages sur la Caricature**. Réunion de 4 vol.

I. Arsène Alexandre. L'Art du Rire et de la Caricature. 300 fac-similés en noir et 12 planches en couleurs. *Paris, Quantin, s. d.*, pet. in-4, broché, couv. ill. — Emile Bayard. Le Caricature et les Caricaturistes. Nombreux dessins des principaux artistes. *Id., Delagrave, s. d.*, in-4, broché, couv. ill. — Philippe Godet. Eugen Burnand (extrait de *Diesshweiz*) *Zürich*, 1901, plaq. in-4, fig., cart. — Gab. Mourey. Caran d'Ache, a french caricaturist (extrait du *Studio*). (*London*, 1902), plaq. gr. in-8, cart.

1769. **Palissy** (Bernard). Les Œuvres de Bernard Palissy, publiées d'après les textes originaux avec une notice historique et bibliographique et une table analytique par Anatole France. *Paris, Charavay*, 1880, pet. in-8 carré, broché, couv. imp. — Œuvres complètes de Bernard Palissy, avec des notes et une notice historique par P.-A. Cap. *Id., Dubochet*, 1844, in-12, demi-rel. mar. rouge, dos orné, tête dor., non rog. — Bernard Palissy, étude sur sa vie et ses travaux par Louis Audiat. *Id., Didier*, 1868, in-12, cart. bradel perc. bleue, tête jasp. (*Henry-Joseph*). — Les Artistes célèbres : Bernard Palissy, par Ph. Burty. *Id., Rouam*, 1886, plaq. gr. in-8, fig., brochée, couv. imp. — Ens. 4 vol.

1770. **Papiers** et correspondance de la famille impériale. *Paris, Imprimerie Nationale* (*et L. Beauvais*), 1870-1872, 3 tom. en 2 vol. — Papiers sauvés des Tuileries, suite à la correspondance... publiés par Robert Halt. *Id.*, *Dentu*, 1871, 1 vol. — Ens. 3 vol. gr. in-8, demi-rel. veau vert, dos orné, non rog., couv. cons.

Exemplaire bien complet de la publication officielle des documents trouvés aux Tuileries après la chute de l'Empire.

1771. **Paris-Londres**, keepsake français. — Nouvelles inédites illustrées de vignettes gravées à Londres par les meilleurs artistes. *Paris, Delloye*, 1837-1842, 5 vol. gr. in-8, reliure de l'époque.

Collection complète de cette publication illustrée de 1 frontispice et 25 vignettes gravés sur acier pour chaque volume. — Les nouvelles sont de J. Janin, A. Dumas, Châteaubriand, C. Delavigne, P. de Kock, etc.

Les années 1839 et 1842 sont reliées en plein chag. rouge, dos sans nerfs orné, larges encadr. dor. et à froid sur les plats, tr. dor., les 3 autres sont en demi-rel., couleurs et orn. variés. (Le titre imprimé des années 1837 et 1841 manque ; le 1er de ces 2 vol. a été lavé et encollé et remboité dans sa reliure, dont les plats sont modernes ; rousseurs et mouill. principalement aux années 1838 et 1841).

1772. **Parny.** Œuvres complètes d'Evariste Parny, 4 vol. — La Guerre des Dieux, poème en dix chants, 1 vol. *Paris, Debray*, 1808, 5 vol. in-18, demi-rel. veau bleu avec coins, dos orné, non rog.

Exemplaire sur papier vélin.

1773. **Parnasse** contemporain, recueil de vers nouveaux. *Paris, A. Lemerre*, 1866, 1869-1871, 1876, 3 vol. gr. in-8, cart. bradel chag. grenat foncé, dos orné, plaque de laque japonaise encastrée dans chaque plat avec bord. dor., tête rouge, non rog.

Très rare publication contenant un choix des meilleures poésies de nos plus célèbres poètes modernes : Théophile Gautier, Théodore de Banville, J.-M. de Hérédia, Leconte de Lisle, François Coppée, Auguste Vacquerie, Catulle Mendès, Paul Verlaine, Sully-Prudhomme, Léon Valade, Albert Mérat, Villiers de l'Isle-Adam, etc.

1774. **Parnassiculet contemporain** (Le). Recueil de vers nouveaux, précédé de l'Hôtel du Dragon bleu et orné d'une très étrange eau-forte. *Paris, Librairie centrale* (*J. Lemer*), 1867, in-12, broché, couv. imp.

Edition originale, rare, de cette parodie du « Parnasse contemporain » écrite en collaboration par la colonie littéraire dite de Clamart. Elle comprend : Un frontispice à l'eau forte, représentant la *Muse au chat*, par le peintre Delor, élève de Gérôme ; *Un avertissement*, par Alfred Delvau ; *Une Séance littéraire à l'Hôtel du Dragon bleu*, par Paul Arène ; *Avatar*, par le même ; *L'Automate*, par Jean du Boys ; *Tristesses de Narapatisejou*, par le même ; *Le Martyre de Saint-Labre*; par Alphonse Daudet ; *Mélancolie équatoriale*, par Renard ; *Panthéisme*, par Jean du Boys ; *Le Convoi de la Bien-Aimée*, par Renard ; *Gael Imar au grand pied*, par Paul Arène ; *Madrigaux sur le mode thébain*, par Alphonse Daudet ; et *Bellérophon*, par Paul Arène.

1775. **Pascal.** Pensées, publiées dans leur texte authentique avec un commentaire suivi et une étude littéraire par Ernest Havet. *Paris, Dezobry et Magdeleine*, 1852, in-8, demi-rel. mar. brun, dos orné, tr. jasp. (*Rel. de l'époque*).

Premier tirage de cette édition estimée.

1776. **Péladan** (Joséphin). A Cœur perdu. *Paris, Edinger*, 1888, in-8, cart. bradel chag. rouge, dos orné mosaïq., plaque de laque japonaise avec décor or et argent encastrée dans chaque plat, enc. mosaïq., tr. dor., couv. cons., étui. (*Henry-Joseph*).

Edition originale, ornée d'un beau frontispice par Félicien Rops.

1777. **Péladan** (Joséphin). Amphithéâtre des Sciences mortes. — Comment on devient Artiste. — Esthétique. *Paris, Chamuel*, 1894, in-8, portr., cart. bradel chag. havane, dos orné mosaïq., plaque de laque japonaise avec motifs or, argent et couleurs, encastrée dans chaque plat, tr. dor., couv. cons., étui. (*Henry-Joseph*).

Edition originale. — Envoi autographe signé de l'auteur.

1778. **Péladan** (Joséphin). La Décadence esthétique. — I. L'art ochlocratique. — Salons de 1882 et de 1883, avec une lettre de Jules Barbey d'Aurevilly et le portrait de l'auteur, héliogravé par Dujardin. *Paris, Dalou*, 1888, in-8, cart. bradel chag. gris clair, dos orné mosaïq., plaque de laque japonaise avec décor or et argent encastrée dans chaque plat, enc. mosaïq., tr. dor., couv. cons., étui. (*Henry-Joseph*).

Edition originale. — Envoi autographe signé de l'auteur.

1779. **Péladan** (Joséphin). Amphithéâtre des sciences mortes — Comment on devient Fée. — Erotique. *Paris, Chamuel*, 1893.

in-8, portr., cart. bradel chag. grenat foncé, dos orné mosaïq., plaque de laque japonaise avec semis de fleurettes rouges et jaunes, encad. de bandes de mar. citron, tr. dor., couv. cons., étui. (*Henry-Joseph*).

Edition originale.

1780. **Péladan** (Joséphin). Femmes honnêtes. Avec un frontispice à l'eau-forte de Fernand Knopff et douze compositions de José Roy. *Paris, C. Dalou*, 1888, in-8, cart. bradel chag. grenat, dos orné mosaïq., plaque de laque japonaise avec semis de fleurettes rouges et jaunes, encastrée dans chaque plat, enc. de fil. de mar. citron sertis or, tr. dor., couv. ill. en coul. cons., étui. (*Henry-Joseph*).

Edition originale.

1781. **Péladan** (Joséphin). Istar. *Paris, Edinger*, 1888, gr. in-8, cart. bradel. chag. bleu foncé, dos orné mosaïq., plaque de laque japonaise avec décor or, argent et couleurs, encastrée dans chaque plat, tr. dor., couv. cons., étui. (*Henry Joseph*).

Edition originale, ornée d'un beau frontispice au vernis-mou par Fernand Knopff.

Un des 5 exemplaires num. sur papier du Japon, contenant une seule épreuve (sur 4) du frontispice.

1782. **Péladan** (Joséphin). Théâtre de la Rose-Croix. — Babylone, tragédie en quatre actes. *Paris, Chamuel*, 1895, pet. in-4 carré, cart. bradel chag. brun, plaque de laque japonaise encastrée dans chaque plat, enc. de fil. dor., tête dor., non rog., couv. cons.

Edition originale. — Long envoi autographe signé de l'auteur.

1783. **Péladan** (Joséphin). Théâtre de la Rose-Croix. — Le Fils des Etoiles, pastorale kaldéenne en trois actes. *S. l. n. d.* (*Paris*, 1895), pet. in-4 carré, cart. bradel chag. La Vallière foncé, plaque de laque japonaise avec semis de fleurettes jaunes, encastrée dans chaque plat, tête dor., non rog., couv. cons. (*Henry-Joseph*).

Edition originale, tirée à 200 exemplaires num. seulement. — Envoi autographe signé de l'auteur.

1784. **Péladan** (Joséphin). Théâtre de la Rose-Croix. — Œdipe et le Sphinx, tragédie selon Sophocle, pour servir de prologue à l'Œdipe-roi. *S. l. n. d.* (1897), pet. in-4 carré, cart. bradel chag. La Vallière foncé, plaque de laque japonaise encastrée dans chaque plat, fil., tête dor., non rog., couv. cons. (*Henry-Joseph*).

Edition originale, tirée à petit nombre et non mise dans le commerce. Envoi autographe signé de l'auteur.

1785. **Péladan** (Joséphin). Théâtre de la Rose-Croix. — Le Prince de Byzance, drame romanesque en cinq actes. *Paris, Chamuel*, 1896, pet. in-4 carré, cart. bradel chag. La Vallière foncé, plaque de laque japonaise avec décor d'oiseaux en or, argent et couleurs, encastrée dans chaque plat, tête dor., non rog., couv. cons. (*Henry-Joseph*).

Edition originale. — Envoi autographe signé de l'auteur.

1786. **Péladan** (Joséphin). Théâtre de la Rose-Croix. — La Prométhéide, trilogie *d'Eschyle* en quatre tableaux. *Paris, Chamuel*, 1895, pet. in-4 carré, portr., cart. bradel chag. La Vallière foncé, plaque de laque japonaise avec décor or, argent et couleurs, encastrée dans chaque plat, tête dor., non rog., couv. cons. (*Henry-Joseph*).

Edition originale. — Envoi autographe signé de l'auteur.

1787. **Péladan** (Joséphin). Sémiramis (tragédie en quatre actes). *S. l. n. d.*, pet. in-4 carré, cart. bradel chag. La Vallière foncé, plaque de laque japonaise avec décor or, argent et couleurs, encastrée dans chaque plat, tête dor., non rog., couv. cons. (*Henry-Joseph*).

Edition originale, tirée à très petit nombre, pour les amis de l'auteur, sur papier du Japon et non mise dans le commerce. — Envoi autographe signé de l'auteur.

1788. **Pellico** (Silvio). Mes prisons. — Mémoires de Silvio Pellico de Saluces, traduits de l'italien (par le vicomte de Séguin-Vassieux) et précédés d'une introduction biographique, par A. de Latour. — Edition ornée du portrait de l'auteur, et augmentée de notes historiques par P. Maroncelli. *Paris, H. Fournier jeune*, 1833, in-8, demi-rel. veau fauve, dos orné or et à froid, tr. marb. (*Rel. de l'époque*).

Edition originale de cette traduction.

1789. **Petits Poètes du XVIIIe siècle.** *Paris, Quantin,* 1879-1886, 12 vol. in-8, pap. vergé, brochés, couv. imp.

Collection complète comprenant . *Vadé*, 1 vol. — *Piron*, 1 vol. — *De Bertin*, 1 vol. — *Desforges-Maillard*, 1 vol. — *Lattaignant*, 1 vol. — *Gilbert*, 1 vol. — *De Bernis*, 1 vol. — *Gresset*, 1 vol. — *Gentil-Bernard*, 1 vol. — *Malfilâtre*, 1 vol. — *Bonnard*, 1 vol. — *De Boufflers*, 1 vol.

Chaque volume, précédé d'une notice bio-bibliographique par L. Derôme, Honoré Bonhomme, Eugène Asse, Paul Perret, etc., est illustré d'un portrait à l'eau-forte, d'un fac simile d'autographe, d'en-têtes et de culs-de-lampe gravés à l'eau-forte ou sur bois.

1790. **Pétœfi Sandor.** Poésies magyares. Traduction par H. Desbordes-Valmore et Ch.-E. Ujfalvy. *Paris, Lacroix, Verboeckhoven et Cie,* 1871, pet. in-12, veau fauve, dos et plats ornés de fleurs et motifs dor. et peints avec bord. de feuilles de trèfles gaufrées et peintes, tr. dor., ciselées et peintes, couv. cons.

Curieuse reliure hongroise.

1791. **Pétrarque.** Le Rime del Petraca. *Londra, a spesi di G. Pickering,* 1822, pet. in-32, mar. La Vallière, dos orné, encadr. de fil. dor. sur les plats, dent. int., tr. dor. (*Arnold, à Lille*).

Charmante édition imprimée en caractères fins.

1792. **Physiologies,** publiées par Aubert, Lavigne, Desloges, Laisné, etc., de 1840 à 1845, 96 vol. in-18, cart. bradel perc., non rog., couv. cons.

Importante réunion de ces spirituels opuscules, parmi lesquels 4 sont illustrés par Daumier, 8 par Henri Emy, 8 par Gavarni, 5 par Trimolet ; les autres, sauf une quinzaine qui ne comportent pas de vignettes, sont illustrés par Forest, Gagniet, Henry Monnier, Meissonier, Traviès, Vernier, Lorentz, Janet-Lange, Marckl, soit seuls, soit en collaboration avec Daumier ou Gavarni.

Presque tous les volumes sont lavés et encollés ; un petit nombre seulement présente des rousseurs ou des taches ; la Physiologie du Bas-Bleu est rognée et sans couverture ; la couv. manque également à 7 autres volumes.

1793. **Pièces historiques** pour l'instruction du temps présent [Au v° du faux-titre :]. *Se débitera au profit de qui il appartiendra, chez tous les infirmiers de Paris et de la province, les marchands libraires et rue de Vaugirard,* n° 9 [*imp. de Crapelet*], 1829-1830, 2 part. en 1 vol. gr. in-8, mar. rouge jans., dent. int., tr. dor. (*Trautz-Bauzonnet*).

Recueil de pamphlets et pièces satiriques comprenant : La France mourante, consultation historique à trois personnages... *Iouxte la copie imprimée vers* 1620. — La Chemise sanglante de Henri-le-Grand [à la fin] : *Jouxte la copie imprimée en* 1615. — La découverte des équivoques et échappatoires des Jésuites sur leur prétendu bannissement. — Le Courrier breton, ou passe-partout des Jésuites. — Interrogatoire des Jésuites devant MM. du Parlement. — Etc.

Tiré à 21 exemplaires seulement. — Un des 7 sur papier de Hollande.

1794. **Pinvert** (Lucien). Sur Mérimée. Notes bibliographiques et critiques. *Paris, Leclerc,* 1908, gr. in-8, broché, couv. imp.

Ouvrage des plus intéressants, accompagné de 7 reproductions hors texte de dessins de Mérimée, dont 2 en fac-similé d'aquarelle : *La comtesse de Montijo* et *Ibrahim-pacha.*

1795. **Plume** (la). Numéros spéciaux consacrés à divers artistes. — Réunion de 5 vol. gr. in-8, fig., dont 4 cart. bradel demi-perc., couv. cons., et 1 broché.

I. Félicien Rops. — II. Eugène Grasset. — III. Alphonse Mucha. — IV. Henri Boutet. — V. J. Valadon.

1796. **Poètes contemporains.** Réunion de 8 vol. in-12, et in-18, brochés et reliés.

Collection comprenant : **Lemoyne** (A.). Les Roses d'Antan. *S. l.* (*Paris*). *Firmin Didot,* 1864, in-12, demi-rel. mar. grenat à long grain avec coins, dos orné, tête dor., non rog., couv. cons. (*Paul Vié*). — **Péladan** (A.). Brises et Aquilons, poésies nouvelles. *Lyon et Paris,* 1855, in-18, demi-rel. veau rose, dos orné, non rog., couv. cons. — **Sully-Prudhomme.** L'Institut de France. *Paris, Lemerre,* 1896, plaq. in-12, cart. bradel demi-mar. La Vallière, non rog., couv. cons. (*Edition originale.* — *Envoi d'auteur*). — **Samain** (A.). Au Jardin de l'Infante (3ᵉ édition). *Id., Mercure de France,* 1894, in-12, cart. bradel mar. brun, dos orné, plaque de laque japonaise encastrée dans chaque plat avec enc. dor., tête dor., non rog., couv. cons. — **Tailhade** (Laurent). Au Pays du Mufle. Nouvelle édition. *Id., Bibliothèque Artistique et Littéraire,* 1894, in-12 carré, fig., même rel. — **Ackermann.** Pensées d'une Solitaire, précédées de fragments inédits. *Id., Lemerre,* 1903, in-18. – **Vielé Griffin.** Les Cygnes, nouveaux poèmes (1890-91). *Id., Vanier,* 1892, in-12. — **Zamacoïs** (M.). Les Bouffons, pièce en quatre actes, en vers. *Id., Librairie Théâtrale,* 1907, in-12 ; ces 3 derniers ouvrages sont brochés, couv. imp.

1797. **Poë** (Edgar). Histoires extraordinaires [et Nouvelles histoires extraordinaires] traduites par Charles Baudelaire. *Paris, A. Quantin,* 1884, 2 vol. gr. in-8, pap. vélin, demi-rel. mar. vert olive avec coins, dos plat orné en long, tête dor., non rog., couv. cons. (*Henry-Joseph*).

Edition illustrée de 26 compositions de Vogel, Meyer, Férat, Abot, etc., gravées à l'eau-forte ou reproduites par l'héliogravure, hors texte.

1798. **Poë** (Edgar). The poetical works of Edgar Allan Poe: with a notice of his life and genius by James Hannay, and many illustrations by E.-H. Wehnert, James Godwin, F.-W. Hulme, Harrison Weir and Anelay. *London, Kent*, 1859, pet. in-8, mar. bleu, dos orné mosaïq., guirlande de feuillage dor. avec cabochons en mar. vert clair et fil. dor. formant encad., pointillé au centre, sur les plats, guirlande dor. à l'int., tr. dor. sur fausses marges.

Curieuse reliure exécutée aux Etats-Unis.

1799. **Poë** (Edgar). Les Poèmes d'Edgar Poë. — Traduction de Stéphane Mallarmé, avec portrait et fleuron par Edouard Manet. — Deuxième édition. *Bruxelles, E. Deman*, 1897, pet. in-4 carré, broché, couv. ill.

Tiré à 550 exemplaires num. — Un des 525 sur papier de Hollande.

1800. **Porto-Riche** (Georges de). Bonheur manqué, carnet d'un amoureux, 1 vol. in-18. — L'Infidèle, comédie en un acte et en vers, 1 vol. in-12. *Paris, Ollendorff*, 1889-1890, ens. 2 vol., cart. bradel perc., tête jasp., non rog., couv. cons. (*Pierson*).

Editions originales. — Envoi d'auteur au 1er ouvrage.

1801. **Porto-Riche** (Georges de). Bonheur manqué, carnet d'un amoureux. — Nouvelle édition entièrement revue. *Paris, Ollendorff*, 1903, in-16, broché, couv. imp.

Un des 20 exemplaires num. sur papier de Hollande, portant, sur la couverture, un envoi autographe signé de l'auteur.

1802. **Porto-Riche** (Georges de). Théâtre d'amour. — La chance de Françoise. L'Infidèle. Amoureuse. — Le passé. *Paris, Ollendorff*, 1898, in-12, broché, couv. imp.

Première édition collective.
Un des quelques exemplaires sur papier de Hollande, décoré, dans les marges des deux premières pièces, de 5 *aquarelles originales d'Emile VIDAL*.

1803. **Porto-Riche** (Georges de). Le Vieil Homme, pièce en cinq actes. *Paris, Emile-Paul, s. d.* (1911) in-12, broché, couv. imp.

Edition originale.
Un des 50 exemplaires num. sur papier de Hollande.

1804. **Portraits romantiques**. Galerie du Voleur. *S. l. n. d.* (*Paris, vers* 1840), gr. in-8, demi-rel. mar. vert, dos orné en long, éb. (*Henry-Joseph*).

Collection de 97 portraits, publiés par le journal *Le Voleur*, de personnalités des arts, des lettres, de la diplomatie, etc. de cette époque. Ces portraits sont lithographiés par Julien, Lassalle, Benjamin et Alophe.

1805. **Prévost** (l'abbé). Histoire de Manon Lescaut et du Chevalier Des Grieux. — Précédée d'une préface par Alexandre Dumas fils. — Texte revu par Anatole de Montaiglon. *Londres, Glady*, 1878, in-16 carré, broché, couv. imp.

Jolie et rare petite édition dont M. G. Vicaire n'a pu donner la description ; elle est imprimée en 2 couleurs et tirée à 333 exemplaires numérotés. — Un des 250 sur papier Turkey-Mill.

1806. **Prévost** (l'abbé). Histoire de Manon Lescaut. — Avec une notice par M. Anatole France. *Paris, Lemerre*, 1878, in-8, pap. vergé, texte encad. d'un filet rouge, broché, couv. imp.

De la *Bibliothèque Illustrée*.
Orné d'un portrait de l'abbé Prévost et 8 figures gravés à l'eau-forte par L. Monziès, d'après Gravelot et Pasquier.

1807. **Prévost** (l'abbé). Histoire de Manon Lescaut et du Chevalier Des Grieux. — Préface de Guy de Maupassant. — Illustrations de Maurice Leloir. *Paris, H. Launette*, 1885, in-4, pap. vélin, broché, couv. ill., dans un étui.

Premier tirage. — Edition illustrée de 225 vignettes ornées d'encadrements, gravées sur bois par Jules Huyot, formant têtes de page, et de 12 grandes compositions gravées à l'eau-forte par Louis Ruet, hors texte.

1808. **Prévost** (Marcel). L'Automne d'une femme. *Paris, Lemerre*, 1893, in-12, veau fauve, composition florale repoussée sur chaque plat, non rog., couv. et dos cons.

Edition originale.
Un des 50 exemplaires num. sur papier de Hollande.

1809. **Prévost** (Marcel). Les Demi-Vierges. *Paris, Lemerre*, 1894, in-12, veau fauve, composition florale repoussée sur chaque plat, non rog., couv. et dos cons.

Edition originale.
Un des 100 exemplaires num. sur papier de Hollande.

1810. **Proudhon** (P.-J.). De la justice dans la Révolution et dans l'Eglise. — Nouveaux principes de philosophie pratique... *Paris, Garnier frères*, 1858, 3 vol. in-12, demi-rel. veau fauve avec coins, dos orné, non rog.

1811. **Puyol** (Mgr). Imitation de Jésus-Christ (Texte, traduction, études, variantes, bibliographie, etc.), 7 vol. — La Doctrine.... 1 vol. — Héliotypies des principaux manuscrits..., 1 vol. — Paléographie..., 1 vol. *Paris, Retaux*, 1881-1900, ens. 10 vol. in-4 et in-8, cart. bradel demi-mar. brun foncé avec coins, tête dor., non rog., couv. cons. (*Henry-Joseph*).

1812. **Rabelais**. Les cinq livres de F. Rabelais, publiés avec des variantes et un glossaire par P. Chéron, et ornés de onze eaux fortes par E. Boilvin. *Paris, Librairie des Bibliophiles*, 1876, 5 vol. in-12, pap. vergé, demi-rel. chag. brun jans. avec coins, tête dor., non rog. (*Kaufmann*).

De la *Petite Bibliothèque Artistique*.

1813. **Rabelais**. Œuvres. *Paris, L. Janet*, 1823, 3 vol. in-8, cart. de l'époque, non rog. (Légères rousseurs).

1814. **Rabelais**. Pantagruel. Fac-similé de l'édition de Lyon, François Juste, 1533, d'après l'exemplaire unique de la Bibliothèque royale de Dresde. — Introduction de Léon Dorez et P.-P. Plan. *Paris, Mercure de France*, 1903, in-18, broché, couv. imp.

Tiré à petit nombre sur papier vélin d'Arches.

On y a joint : Les Songes drôlatiques de Pantagurel, où sont contenues cent vingt figures de l'invention de Maître François Rabelais, copiées en fac-simile par Jules Morel sur l'édition de 1565, pour la récréation des bons esprits, avec un texte explicatif et des notes par le Grand Jacques (Richard Lesclide). *Id.*, 1869, in-12, cart. perc., non rog. — Rabelais, sa personne, son génie, son œuvre, par P. Stapfer. *Id., A. Colin*, 1889, in-12, pap. de Hollande, demi-rel. chag. vert avec coins, tête dor., non rog., couv. cons. (*Edition originale*).

1815. **Radcliffe** (Mme Anne). L'Ermite de la Tombe mystérieuse, ou le fantôme du vieux château, anecdote extraite des annales du XIIIe siècle et traduite sur le ms. anglais par E.-L.-D.-L. baron de Langon. *Paris, Lecointe et Durey*, 1822, 3 vol. in-12, 3 front. grav., demi-rel. mar. rouge à long grain, dos sans nerfs orné, tr. jaunes. (*Rel. de l'époque*).

Edition originale.
Exemplaire portant, sur le 1er plat de la reliure, le chiffre de la duchesse de Berry et, à l'intérieur, ex-libris de sa bibliothèque du château de Rosny.

1816. **Rameau** (Jean). Poèmes fantasques. — Illustrations (en teintes diverses) par Ary Gambard. *Paris, Ed. Monnier*, 1883, gr. in-8, pap. vélin de Holl., cuir de Russie, plats couverts d'orn. et motifs décoratifs avec inscriptions arabes, tête peinte, non rog., couv. cons.

Edition originale.

1817. **Recueil** de pièces rares et facétieuses, anciennes et modernes, en vers et en prose, remises en lumière pour l'esbattement des pantagruélistes, avec le concours d'un bibliophile. *Paris, Barraud*, 1872-1873, 4 vol. in-8, cart. bradel perc. rose, non rog. (*Pierson*).

Ouvrage rare, renfermant de nombreuses pièces légères ou scatologiques, illustré de nombreuses vignettes sur bois. — Les 2 premiers volumes contiennent en outre, le 1er, 9, et le 2e, 4 figures gravées sur acier, hors texte ; le 3e volume contient 6 sujets à pleine page.
Un des 150 exemplaires tirés sur grand papier vélin, contenant les gravures des 2 premiers volumes avant la lettre.

1818. **Recueil** des Plaisants Devis récités par les Supposts du Seigneur de la Coquille. *Lyon, Perrin*, 1857, in-12, pap. vergé teinté, demi-rel. mar. citron avec coins, dos orné aux petits fers, tête dor., non rog. (*Capé*).

1819. **Renan** (Ernest). Ma Sœur Henriette, avec illustrations d'après Henri Scheffer et Ary Renan, reproduites par l'héliogravure. *Paris, Calmann Lévy*, 1895, pet. in-8, cart. bradel mar. brun, fil., plaque de laque japonaise encastrée dans chaque plat avec enc. de fil. et fleurons aux angles, tête dor., non rog., couv. cons. (*Henry-Joseph*).

Premier tirage.

1820. **Renouard** (Ant.-Aug.). Annales de l'Imprimerie des Alde, ou Histoire des trois Manuce et de leurs éditions. Troisième édition. *A Paris, chez Jules Renouard*, 1834, fort vol. in-8 à 2 col., pap. vergé, port. et fac-simile, demi-rel. mar. rouge à long grain, dos sans nerfs orné, non rog. (*Rel. de l'époque*).

Bel exemplaire.

1821. **Rétif de la Bretonne.** Le Paysan perverti. *Bruxelles, Kistemaeckers*, 1886, 2 vol. in-8, pap. vélin teinté, cart. bradel demi-perc. ocre avec coins, non rog., couv. cons. (*Pierson*).

Edition ornée de nombreuses vignettes, ornements, etc., reproduisant fidèlement l'édition d'Amsterdam, 1776.

1822. **Retz** (Cardinal de). Mémoires du cardinal de Retz, de Guy Joli et de la duchesse de Nemours ; contenant ce qui s'est passé de remarquable en France pendant les premières années du règne de Louis XIV. Nouvelle édition, augmentée. *Paris, Ledoux*, 1820, 6 vol. in-8, portr. gr. et fac-simil., bas. rac., dos sans nerfs orné, tr. marb. (*Rel. de l'époque*).

1823. **Revue poétique du XIXe siècle**, ou choix de poésies contemporaines inédites, ou traduites des langues européennes et orientales. *Paris, Veuve Dondey-Dupré*, 1835, 2 vol. in-8, demi-rel. veau bleu, dos orné en long, tr. marb. (*Rel. de l'époque*).

Recueil rare, renfermant nombre de poésies inédites de Mme Desbordes-Valmore, Philarète Chasles, Victor Hugo, Lamartine, etc.

1824. **Reybaud** (Louis). Jérôme Paturot à la recherche de la meilleure des Républiques, par Louis Reybaud. — Edition illustrée par Tony Johannot. *Paris, Michel Lévy frères*, 1849, gr. in-8, demi-rel. chag. bleu foncé, dos orné, plats toile avec enc. à froid, tr. dor. (*Rel. de l'époque fatiguée*).

Premier tirage. — Edition illustrée d'environ 210 gravures sur bois, dont 30 sujets hors texte. (Qq. légères rousseurs).

1825. **Reybaud** (Louis). Jérôme Paturot à la recherche d'une position sociale, par M. ****. *Paris, Paulin*, 1842, in-8, demi-rel. chag. citron, dos orné en long, non rog. (*Henry-Joseph*).

Edition originale. (Qq. salissures).

1826. **Richepin** (Jean). Les Blasphèmes, avec un portrait de l'auteur par E. de Liphart. *Paris, Dreyfous*, 1884, pet. in-4, chag. olive, dos sans nerfs orné en long, plaque de laque japonaise encastrée dans chaque plat avec enc. de fil. dor., tête dor., non rog., couv. cons. (*Henry-Joseph*).

Edition originale.
Exemplaire sur papier vélin.

1827. **Richepin** (Jean). Les Blasphèmes. — Nouvelle édition. *Paris, Charpentier*, 1890, in-12, cart. bradel chag. brun, plaque de laque japonaise encastrée dans chaque plat avec fil. et bord. dor., tête dor., non rog., couv. cons. (*Henry-Joseph*).

Un des 25 exemplaires num. sur papier de Hollande.

1828. **Richepin** (Jean). La Bombarde, contes à chanter. *Paris, Fasquelle*, 1899, in-12, cart. bradel chag. brun, dos orné en long, plaque de laque japonaise encastrée dans chaque plat avec fil. et bord. dor., tête dor., non rog., couv. cons. (*Henry-Joseph*).

Edition originale.
Un des 30 exemplaires num. sur papier de Hollande.

1829. **Richepin** (Jean). Les Caresses. *Paris, Decaux, s. d.* (1877), in-12, demi-rel. chag. vert foncé, tête dor., non rog., couv. cons.

Edition originale. Rare. — Bel exemplaire.

1830. **Richepin** (Jean). Les Caresses. Nouvelle édition. *Paris, Charpentier, s. d.*, in-12, cart. bradel chag. brun, dos orné en long, plaque de laque japonaise encastrée dans chaque plat avec fil. et bord. dor., tête dor., non rog., couv. cons. (*Henry-Joseph*).

Un des 25 exemplaires num. sur papier de Hollande.

1831. **Richepin** (Jean). La Chanson des Gueux. — Edition définitive, revue et augmentée, 1 vol. — Les Blasphèmes, 1 vol. — La Mer, 1 vol. — Mes Paradis, 1 vol. *Paris, Dreyfous* (*et Charpentier et Fasquelle*), 1881-1894, ens. 4 vol. in-12, demi-rel. chag. vert jans., tête dor., non rog., couv. cons.

Le dernier ouvrage est en édition originale. (Petites rousseurs à ce dernier vol.).

1832. **Richepin** (Jean). La Chanson des Gueux. Nouvelle édition. *Paris, Bibliothèque-Charpentier*, 1891, in-12, cart. bradel chag. brun, dos orné en long, plaque de laque japonaise encastrée dans chaque plat avec fil. et bord. dor., tête dor., non rog., couv. cons. (*Henry-Joseph*).

Un des 30 exemplaires num. sur papier de Hollande, auquel on a ajouté la suite complète de 7 dessins d'Eugène Courboin, reproduits en héliogravure ,publiée par Dreyfous en 1883, épreuves en bistre sur pap. de Hollande.
On a relié à la suite : La Chanson des Gueux. — Pièces supprimées. *Bruxelles, Kistemaeckers*, 1881, avec la couv.

1833. **Richepin** (Jean). La Mer. *Paris, Dreyfous*, 1886, in-4, mar. bleu foncé, dos orné de fil. en long, plaque de laque japonaise décorée de feuilles de vigne et grappes de raisin argentées, encastrée dans chaque plat, avec enc. de fil. dor., tête dor., non rog., couv. cons.

Édition originale.
Exemplaire sur papier vélin.

1834. **Rictus** (Jehan). Cantilènes du Malheur. — Pointe-sèche de Steinlen. *Paris, P. Sévin et C. Rey* (1902), plaq. in-8, cart. bradel perc. noire, fil., titre et orn. peints sur le dos et les plats, non rog., couv. cons.

Edition originale.

1835. **Rictus** (Jehan). Les Soliloques du Pauvre, poésies. *Paris*, 1897, in-8, cart. bradel perc. bleu foncé, fil., titre et orn. peints sur le dos et les plats, non rog., couv. ill. cons. (*Henry-Joseph*).

Edition originale, ornée d'un portrait de l'auteur par Steinlen.
Exemplaire auquel on a ajouté la suite des 8 lithographies originales, en couleurs, de Sunyer.

1836. **Rictus** (Jehan). Les Soliloques du Pauvre. — Edition revue, corrigée et augmentée de poèmes inédits. — Illustrations par A. Steinlen. *Paris, Sévin et Rey*, 1903, in-12 carré, broché, couv. ill.

Edition contenant plusieurs pièces inédites et ornée de nombreuses lithographies de Steinlen, dans le texte et hors texte.
Un des 100 exemplaires num. sur papier vélin d'Arches.

1837. **Rimbaud** (Arthur). Reliquaire, poésies (Préface de Rodolphe Darzens). *Paris, Genonceaux*, 1892, in-16, broché, couv. imp.

Curieux envoi autographe signé de Rodolphe Darzens, auteur de la préface.

1838. **Rimmel** (Eugène). Le Livre des Parfums. — Préface d'Alphonse Karr. — Illustrations de A. de Neuville, Duhousset, Chéret, etc. *Paris, Dentu, Londres et Bruxelles, s. d.* pet. in-4 carré, perc. brune, fers spéciaux, tr. dor. (*Cart. de l'éditeur*).

Premier tirage. — Ouvrage orné de 1 frontispice et de 12 planches hors texte en chromolithographie et 418 vignettes sur bois, intercalées dans le texte.

1839. **Rivoire** (André). Il était une Bergère... conte en un acte en vers. *Paris, Lemerre*, 1905, in-12, cart. bradel, demi-perc. rose avec coins, non rog., couv. cons. (*Henry-Joseph*).

Edition originale.
Un des 15 exemplaires num. sur papier de Hollande.

1840. **Robert** (A.-C.-M.). Fables inédites des XIIe, XIIIe et XIVe siècles, et fables de La Fontaine rapprochées de celles de tous les auteurs qui avoient, avant lui, traité les mêmes sujets, précédées d'une notice sur les fabulistes. *Paris, Cabin*, 1825, 2 vol. in-8, brochés, couv. imp.

Curieux ouvrage, donnant le texte original, d'après un manuscrit du XIVe siècle, de plus de 185 fables, qui ont le même sujet que des fables de la Fontaine. Orné de 1 portrait, 4 fac-similés et 89 curieuses figures, hors texte, calquées sur le manuscrit par Paul Legrand et gravées par lui à l'aquatinte. (Légère mouillure dans la marge du tome II).

1841. **Robida** (A.). Le XIXe siècle, texte et dessins par A. Robida. *Paris, Decaux*, 1888, pet. in-4, cart. bradel velours blanc, grande composition dor. et peinte couvrant le dos et les plats, tête dor., non rog., couv. cons. (*Henry-Joseph*).

Premier tirage. — Ouvrage illustré d'un grand nombre de dessins de Robida, dont une cinquantaine à pleine page tirés hors texte, en noir et en couleurs.
Un des quelques exemplaires num. sur papier du Japon.

1842. **Robida** (A.). Le Vingtième Siècle. — Texte et dessins par A. Robida. *Paris, Decaux*, 1883, pet. in-4, cart. bradel velours blanc, grande composition dor. et peinte couvrant le dos et les plats, tête dor., non rog., couv. cons. (*Henry-Joseph*).

Premier tirage. — Ouvrage illustré de nombreux dessins de Robida, dont une trentaine à pleine page hors texte, en noir, en couleurs ou en photogravure sur cuivre.

1843. **Roche** (Edmond). Poésies posthumes, avec une notice par M. Victorien Sardou. — Eaux-fortes par MM. Corot, de Bar, Herst, Michelin, Grenaud. *Paris, Michel Lévy frères*, 1863, in-12, demi-rel. veau bleu, tête dor., non rog., couv. cons.

Edition originale. Rare.

1844. **Rochefort** (Henri). Collection de 26 articles publiés dans *l'Intransigeant* du 24 avril au 30 juillet 1890, gr. in-4, cart. bradel perc. rouge. (*Pierson*).

Chaque article est accompagné de son manuscrit autographe, avec nombreuses ratures et corrections.

1845. **Rodenbach** (Georges). Le Foyer et les Champs, poésies. *Paris, Palmé*, 1877, plaq. in-12, brochée, couv. imp.

Edition originale. — Bel exemplaire.

1846. **Rodenbach** (Georges). Le Voile, joué à la Comédie-Française, le 21 mai 1894. *Paris, Ollendorff*, 1897, in-12 carré, broché, couv. imp.

Edition originale. — Envoi autographe signé de l'auteur.

1847. **Rollinat** (Maurice). Les Névroses, 1 vol., portr. — Dans les brandes, poèmes et rondels, 1 vol., portr. — L'Abîme, 1 vol. — La Nature, 1 vol. — Paysages et Paysans, 1 vol. *Paris, Charpentier (et Fasquelle)*, 1883-1899, ens. 5 vol. in-12, cart. bradel demi-perc. crème avec coins, tête jasp., non rog., couv. cons. (*Pierson*).

Les 3 derniers ouvrages sont en édition originale.

1848. **Rostand** (Edmond). Œuvres complètes illustrées d'Edmond Rostand. *Paris, P. Lafitte et Cie, s. d.*, 4 vol. in-4, demi-rel. mar. vert à long grain avec coins, dos sans nerfs orné en long, tête dor., non rog.

Edition renfermant un très grand nombre d'illustrations en noir et en couleurs d'après les compositions de A. Besnard, F. Cormon, F. Flameng, J.-P. Laurens, L.-O. Merson, etc.

1849. **Rostand** (Edmond). Les Romanesques, comédie en trois actes, en vers. *Paris, Charpentier et Fasquelle*, 1894, plaq. in-12, brochée, couv. imp.

Edition originale. — Envoi autographe signé de l'auteur, sur le faux-titre.

1850. **Rostand** (Edmond). Les Romanesques, comédie en trois actes, en vers. *Paris, Charpentier et Fasquelle*, 1894, plaq. in-12, cart. bradel perc. verte, tête jasp., non rog., couv. cons. (*Henry-Joseph*).

Edition originale.

1851. **Rousseau** (J.-B.). Toutes les épigrammes, publiées en partie pour la première fois. *Londres, James Krick* (1879), pet. in-8, pap. vergé, cart. bradel perc. rose, non rog., couv. cons. (*Henry-Joseph*).

Edition renfermant plus de 300 épigrammes, la plupart libres, dont environ 110 sont inédites ; frontispice gravé à l'eau-forte par J. Chauvet, sur Chine volant.

1852. **Rouveyre** (E.). Connaissances nécessaires à un Bibliophile, accompagnées de notes critiques et de documents bibliographiques recueillis et publiés par Edouard Rouveyre. — Cinquième édition illustrée de nombreuses figures. *Paris, Edouard Rouveyre* (1899), 10 vol. in-8, brochés, couv. imp.

Dernière édition, de beaucoup plus complète que les précédentes.

1853. **Ruble** (Baron Alph. de). Le mariage de Jeanne d'Albret. 1 vol., pap. vélin de cuve. — Antoine de Bourbon et Jeanne d'Albret, 4 vol., pap. vergé. — Jeanne d'Albret et la guerre civile (tome Ier), 1 vol. — Mémoires et poésies de Jeanne d'Albret, publiés par le baron de Ruble, 1 vol. *Paris, Labitte (et Emile Paul)*, 1877-1893, ens. 7 vol. in-8, brochés (les 2 derniers ouvr. ont seuls une couv. imp.)

1854. **Saint-Juirs**. The Tavern of the Three Virtues, translated from the original of Saint-Juirs, illustrated with sixty drawings by Daniel Vierge. Together with a critical essay on the art of Vierge by Edmund Gosse. *London, T. Fisher Unwin, s. d.*, pet. in-4, pap. du Japon, perc. rouge, larges fers spéciaux sur le dos et les plats, tête dor., non rog., étui. (*Rel. de l'éditeur*).

Traduction anglaise du charmant petit roman de Saint-Juirs, le *Cabaret des Trois Vertus*, illustrée de 60 dessins de Daniel Vierge, gravés sur bois.
Tiré à 650 exemplaires seulement.

1855. **Sainte-Beuve** (C.-A.). Causeries du Lundi. — Troisième édition. *Paris, Garnier frères, s. d.*, 15 vol. — Premiers Lundis. *Id., Michel Lévy frères*, 1874, 3 vol. — Nouveaux Lundis. — Quatrième édition. *Ibid., id.*, 1875, 13 vol. — Table des Premiers et Nouveaux Lundis. *Id., Calmann Lévy, s. d.*, 1 vol. — Portraits contemporains. *Ibid., id.*, 1891, 5 vol. — Portraits littéraires. *Id., Garnier frères, s. d.*, 3 vol. — Portraits de femmes. *Ibid.*, *id.*, 1870, 1 vol. — Correspondance (1822-1865). *Id.*, *Calmann Lévy*, 1877, 2 vol. — Lettres à la Princesse. *Ibid.*, *id.*, 1873, 1 vol. — Poésies complètes. *Id.*, *Charpentier*, 1845, 1 vol. — Tableau de la poésie française au XVIe siècle. *Ibid.*, *id.*, *s. d.*, 1 vol. — Etudes sur Virgile. *Id.*, *Michel Lévy frères*, 1870, 1 vol. — Les Cahiers de Sainte-Beuve (publiés par J. Troubat). *Id.*, *Lemerre*, 1876, 1 vol. — Ens. 48 vol. in-12, demi-rel. veau fauve avec coins, tête dor., non rog., couv. cons.

Bel exemplaire lavé et encollé, en reliure uniforme.

1856. **Sainte-Beuve** (C.-A.). Les Consolations, poésies. *Paris, U. Canel, Levavasseur*, 1830, in-16 carré, demi-rel. cuir de Russie avec coins, dos plat orné à froid, éb. (*Rel. de l'époque*).

Edition originale. Rare. — Exemplaire grand de marges auquel on a ajouté un billet autographe signé de Sainte-Beuve.

1857. **Sainte-Beuve** (C.-A.). Notice sur M. Littré, sa vie et ses travaux. *Paris, Hachette*, 1863, in-8 de 107 pp., cart. bradel perc. verte, non rog., couv. cons.

Edition originale de cette notice extraite des *Nouveaux Lundis*.

1858. **Sainte-Beuve** (C.-A.). Port-Royal. — Deuxième édition. *Paris, Hachette*, 1860, 5 vol. in-8, demi-rel. veau fauve avec coins, fil. dor. et à froid, tête dor., non rog., couv. cons. (*Affolter*).

Bel exemplaire lavé et encollé, avec la table alphabétique, qui forme un 6e vol. relié de la même façon que les 5 autres.

1859. **Sainte-Beuve** (C.-A.). Vie, poésies et pensées de Joseph Delorme. *Paris, Delangle frères*, 1829, in-16, cart. bradel demi-mar. La Vallière, non rog.

Edition originale. Rare. (Petite défectuosité au faux-titre).

1860. **Salluste**. C. Crispi Sallustii opera (Barth. Nardini cura, recensita et illustrata). *Brixiæ, typ. Nic. Bettoni*, 1819, in-4, cart. bradel demi-vélin blanc, non rog. (*Azario*).

Edition peu commune, d'une parfaite exécution typographique.

1861. **Sand** (George). La Dernière Aldini. *Paris, Bonnaire*, 1838, in-8, demi-rel. chag. bleu, dos sans nerfs orné en long, tête dor., non rog. (*Henry-Joseph*).

Edition originale. — Exemplaire lavé et encollé.

1862. **Sand** (George). Jacques. *Paris, Bonnaire,* 1834, 2 vol. in-8, demi-rel. veau vert foncé, dos sans nerfs orné, tr. jasp. (*Henry Joseph*).

Edition originale. (Rousseurs).

1863. **Scarron.** Le Roman comique de Scarron, peint par J.-B. Pater et J. Dumont le Romain, peintres du Roi. Réduit d'après les gravures au burin de Surugue père et fils, Benoît Audran, Edme Jeaurat, Lépicié, G. Scotin, graveurs du Roi, par M. Tiburce de Mare et accompagné de notices explicatives par Anatole de Montaiglon. *Paris, Rouquette,* 1883, pet. in-4, broché, couv. imp.

Edition illustrée de 1 portrait, 1 titre gravé avec vignette et 16 planches à mi-page, gravés par T. de Mare.
Un des 150 exemplaires sur papier du Japon, contenant les gravures en 2 états : avant et avec la lettre, et auquel on a ajouté une collection complète du portrait et des 16 figures à l'état d'eau-forte pure, sur papier du Japon.

1864. **Scholl** (Aurélien). Les Fables de La Fontaine filtrées. — Illustrations de E. Grivaz. *Paris, Dentu,* 1886, in-8, pap. vergé de Holl., broché, couv. ill.

Edition originale.

1865. **Scriptores latini principes**, recensuit et edidit Joh. — Aug. Amar. *Paris, Lefèvre* (imp. P. Didot), 1821-1825, 45 vol. in-18, pap. vélin, cart. bradel perc. crème, non rog. (*Pierson*).

Collection comprenant : *Catulle,* 1 vol. — *Virgile,* 2 vol. — *Properce,* 1 vol. — *Phèdre,* 1 vol. — *Juvénal,* 1 vol. — *Tacite,* 5 vol. — *L.-A. Florus,* 1 vol. — *Pline,* 2 vol. — *Lucrèce,* 1 vol. — *Lucain,* 2 vol. — *Salluste,* 1 vol. — *Ovide,* 5 vol. — *Cornelius Népos,* 1 vol. — *Térence,* 2 vol. — *Cicéron,* 18 vol. — *Horace,* 1 vol.

1866. **Ségur** (comte de). Contes, fables, chansons et vers, suivis d'Adèle, ou les Métamorphoses. Seconde édition, revue et corrigée. *Paris, chez François Buisson,* 1809, in-8, mar. rouge à long grain, dos sans nerfs avec ornements dor. et au pointillé, fil. et bord. dor. encadrant les plats, armoiries au centre, doubl. et gardes de tabis bleu, dent. int., tr. dor. (*Rel. anc.*).

Bel exemplaire paraissant avoir appartenu à l'auteur, comme l'indique une correction manuscrite à la page 2 des ff. limin.

1867. **Sénancour** (de). De l'Amour; selon les lois primordiales, et selon les convenances des sociétés modernes. — Troisième édition, avec d s additions et des changemens considérables. *Paris, Vieilh de Boisjoslin*, 1829, in-16, veau noir, dos sans nerfs orné, bord. dor. et milieux à froid sur les plats, tr. dor. (*Rel. de l'époque*).

Edition rare. (Rousseurs).

1868. **Sénèque.** Apocoloquintose, facétie sur la mort de l'empereur Claude. — Traduction nouvelle par Victor Develay. *Paris, Académie des Bibliophiles*, 1867, pet. in-18, pap. de Holl., cuir de Russie, dos orné, large dent. dor. sur les plats, dent. int., tr. dor. (*Perreau*).

Charmant exemplaire.

1869. **Sienkiewicz** (Henryk). Par le fer et par le feu, roman héroïque. — Traduction du comte Wodzinski et de B. Kozakiewicz. *Paris, Revue Blanche*, 1901, in-12, front., broché, couv. imp.

Edition originale.
Un des 35 exemplaires num. sur papier de Hollande.

1870. **Sienkiewicz** (Henryk). Quo Vadis, roman des temps néroniens. — Traduction de B. Kosakiewicz et J.-L. de Janasz. *Paris, Revue Blanche*, 1900, in-12, demi-rel. mar. grenat avec coins, dos plat orné en long avec motifs mosaïq., tête dor., non rog., couv. cons. (*Vermorel*).

Edition originale.
Un des 35 exemplaires num. sur papier de Hollande.

1871. **Silvestre** (Armand). Le Chemin des Etoiles, 1 vol. — Roses d'octobre, 1 vol. — L'Or des couchants, 1 vol. — Le Pays des roses, 1 vol. — Les Ailes d'or (édition définitive), 1 vol. *Paris, Charpentier*, 1882-1892, ens. 5 vol. in-12, dont 4 brochés.

Les 3 premiers ouvrages, brochés, couv. imp., sont en édition originale ; le 4e, également en édition originale, est cart. bradel demi-perc. avec coins, non rog.

1872. **Silvestre** (Armand). La Gloire du Souvenir, poème d'amour. *Paris, Lemerre*, 1872, plaq. in-18, cart. bradel pap. fant., tête dor., non rog., couv. cons. (*Henry-Joseph*).

Edition originale.
Un des 5 exemplaires tirés sur papier de Chine.

1873. **Simon** (Jules). Mémoires (et Nouveaux et Derniers Mémoires) des Autres. *Paris, Testard*, 1890-1897, 3 vol., illustrations de Saunier, Léandre et Loewitz. — Premières années. *Id., Flammarion, s. d.*, 1 vol. — Le Soir de ma journée. *Ibid., id., s. d.*, 1 vol. — Ens. 5 vol. in-12, cart. bradel chag. brun, dos orné en long, plaque de laque japonaise encastrée dans chaque plat, avec bord. et fil. dor., tête dor., non rog., couv. cons.

Editions originales. (Petite tache dans la marge de qq. ff. au 2e vol.)

1874. **Soulary** (Joséphin). Sonnets humouristiques. Edition revue par l'auteur. *Paris, L. Perrin*, 1858, pet. in-8, pap. vergé teinté, portr., veau fauve, dos orné, dent. int., tête dor., non rog. (*Bedford*). — La Chasse aux mouches d'or. *Id.*, 1876, pet. in-8, pap. vergé de Rives, broché, couv. imp. (Edition originale).

1875. **Soulié** (Frédéric). Amours françaises, poèmes, suivis de trois chants élégiaques, par F. Soulié de Lavelanet. *Paris, Ladvocat*, 1824, in-16, broché, couv. imp. (dos cassé).

Edition originale. (Mouillure aux premiers et derniers ff.).

1876. **Spaak** (Paul). Kaatje (drame en 4 actes, en vers). *Bruxelles, H. Lamertin*, 1908, pet. in-8, veau brun, dos à 4 nerfs orné mosaïq., composition florale de tulipes en mar., sertie à froid, sujet en cuir repoussé et teinté représentant une dentellière hollandaise à son travail, sur le plat supérieur, bord. int. de 4 fil. à froid avec fleuron mosaïq. aux angles, tr. dor. sur témoins, couv. cons. étui. (*De Samblanx et Weckesser*).

Edition originale.
Un des quelques exemplaires tirés sur papier du Japon, à la suite duquel on a relié le texte de la conférence faite à Bruxelles par Emile Verhaeren lors de la 50e représentation de la pièce ; cette conférence, qui comporte 15 pp., constitue une préface à l'ouvrage ; elle est également tirée sur papier du Japon.

1877. **Spaak** (Paul). La Madone et La Dixième Journée. *Bruxelles, H. Lamertin*, 1908, pet. in-8, peau de truie, dos orné mosaïq., entrelacs de bandes de mar. fauve et La Vallière encadrant des caissons de mar. bleu semés d'étoiles dor., sur les plats, bord. int. de 3 fil. dor., tr. dor. sur témoins, couv. cons., étui. (*De Samblanx et Weckesser*).

Edition originale de ces 2 pièces représentées en 1908 à Bruxelles. Un des quelques exemplaires tirés sur papier du Japon.

1878. **Spielmann** et **Layard**. Kate Greenaway, by M. H. Spielmann and G. S. Layard. *London, Adam and Black*, 1905, fort vol. pet. in-4, perc. blanche, fers spéciaux, tête dor., éb. (*Cart. de l'éditeur*).

Premier tirage. — Illustré d'un grand nombre de reproductions en noir et en couleurs, hors texte et dans le texte.
Exemplaire sur papier vélin, auquel on a ajouté *un dessin original de KATE GREENAWAY*, au crayon.

1879. **Staël** (Mme de). De l'Allemagne, par Mme la baronne de Staël Holstein. *Paris, H. Nicolle*, 1810, *ré-imprimé par John Murray, Londres*, 1813, 3 vol. in-8, demi-rel. veau vert, dos orné en long, non rog. (*Henry-Joseph*).

Seconde édition de cet ouvrage dont l'édition originale fut entièrement détruite par ordre de la police impériale française. (Quérard s'est trompé en assignant à cette édition la date de 1814). Très rare. (Qq. rousseurs).

1880. **Staël** (Mme de). De l'influence des passions sur le bonheur des individus et des nations, par Mad. la baronne Staël de Holstein. *A Lausanne, en Suisse, chez Jean Mourer, Hignou et Cie*, 1796, in-8, cuir de Russie, fil., tr. dor. (*Rel. anc., fatiguée*).

Edition originale de cette première partie : la seconde ne parut qu'en 1797.

1881. **Staël** (Mme de). Des circonstances actuelles qui peuvent terminer la Révolution et des principes qui doivent fonder la République en France. — Ouvrage inédit publié... par John Viénot. *Paris, Fischbacher*, 1906, in-8, broché, couv. imp.

1882. [**Stendhal**]. Comment a vécu Stendhal. — Préface de Casimir Stryienski, avec un portrait inédit en héliogravure. *Paris, Villerelle, s. d.*, in-12, cart. bradel chag. brun, plaque de laque japonaise encastrée dans chaque plat, fil. dor., tête dor., non rog., couv. cons. (*Henry-Joseph*).

Exemplaire sur papier du Japon.

1883. **Stendhal**. Correspondance inédite, précédée d'une introduction par Prosper Mérimée, ornée d'un beau portrait de Stendhal. *Paris, Michel Lévy frères*, 1855, 2 vol. in-12, cart. bradel perc. bleu clair, non rog., couv. cons. (*Henry-Joseph*).

Edition originale. — Bel exemplaire.

1884. **Stendhal.** Correspondance de Stendhal (1800-1842), publiée par Ad. Paupe et P.-A. Chéramy. — Préface de Maurice Barrès. *Paris, Bosse*, 1908, 3 vol. gr. in-8, cart. bradel demi-perc. bleu clair avec coins, non rog., couv. cons. (*Henry-Joseph*).

Seule édition complète ornée de 3 portraits de Stendhal.
Un des 50 exemplaires num. sur papier de Hollande, contenant les portraits en double épreuve : avant la lettre, en bistre, et avec la lettre, en noir, et accompagné des cartons pour le tome II.

1885. **Stendhal.** Journal de Stendhal (1801-1814), publié par Casimir Stryienski et Fr. de Nion. *Paris, Charpentier*, 1888, 1 vol., portr. — Les Privilèges du 10 avril 1840 (extrait de la Revue Indépendante, février 1889), 1 plaq. — Chroniques et nouvelles. *Id., Librairie Nouvelle*, 1855, 1 vol. — Rome, Naples et Florence. *Id., Michel Lévy frères*, 1865, 1 vol. — Stendhal et les femmes, par Jean Mélia. *Id., Chamuel*, 1902, 1 vol. — Histoire des œuvres de Stendhal, par A. Paupe. — Introduction par Casimir Stryienski. *Id., Dujarric*, 1903. — Ens. 1 plaq. et 5 vol. in-12, les 4 premiers, cart. bradel demi-perc., non rog., couv. cons., sauf au 3e vol., le 5e broché, couv. imp.

1886. **Stendhal.** Lamiel, roman inédit, publié par Casimir Stryienski. *Paris, Librairie moderne*, 1889, in-12, cart. bradel demi-perc. bleu clair avec coins, éb., couv. cons. (*Henry-Joseph*).

Edition originale.

1887. **Stendhal.** Napoléon. — Notes et introduction par Jean de Mitty. *Paris, Revue Blanche*, 1897, in-12, broché, couv. imp.

Edition originale de ce recueil d'œuvres posthumes, renfermant *De l'Italie. — Voyage à Brunswich. — Les Pensées. — De l'Angleterre. — Commentaires sur Molière.*
Un des 10 exemplaires num. sur papier de Hollande.

1888. **Stendhal.** Racine et Shakspeare, par M. de Stendhal. *Paris, Bossange*, 1823, 1 plaq. — Racine et Shakspeare, n° II, ou Réponse au manifeste contre le romantisme, prononcé par M. Auger dans une séance solennelle de l'Institut, par M. de Stendhal. *Paris, chez les marchands de nouveautés*, mars 1825, 1 vol. — Ens. 2 ouvr. en 1 vol. in-8, cart. bradel demi-perc. bleu clair avec coins, tête jasp., non rog., couv. cons. (*Pierson*).

Editions originales, de toute rareté.

1889. **Stendhal.** Rome, Naples et Florence. Troisième édition. *Paris, Delaunay*, 1826, 2 vol. in-8, cart. bradel demi-perc. bleu clair avec coins, tête jasp., non rog., couv. cons. (*Pierson*).

Edition rare, présentant de nombreuses différences avec l'édition originale. (Petite déchirure au 1er plat de la couv. et au faux-titre du tome Ier).

1890. **Stendhal.** Le Rouge et le Noir. Chronique du XIXe siècle. *Paris, E. Girard*, s. d., 4 vol. — La Chartreuse de Parme. — Edition augmentée de 2 chapitres inédits, publiés par M. Stryienski. *Ibid., id.*, s. d., 4 vol. — Ens. 8 vol. in-18, cart. bradel chag. grenat, fil. au dos, plaque de laque japonaise [illegible] tre dans chaque plat avec enc. dor., tête dor., non rog., couv. cons. (*Henry-Joseph*).

Un des 25 exemplaires num. sur Japon français.

1891. **Stendhal.** Souvenirs d'Egotisme. — Autobiographie et lettres inédites publiés par Casimir Stryienski. *Paris, Charpentier et Fasquelle*, 1892, in-12, cart. bradel demi-perc. bleu clair avec coins, non rog., couv. cons. (*Henry-Joseph*).

Edition originale. (La couv. porte la date de 1893).

1892. **Stendhal.** Vie de Henri Brulard. — Autobiographie publiée par Casimir Stryienski. *Paris, Charpentier*, 1890, in-12 cart. bradel demi-perc. bleu clair avec coins, non rog., couv. cons.

Edition originale.

1893. **Sterne.** Voyage sentimental en France et en Italie. — Traduction nouvelle et notice par M. E. Blémont. *Paris, Launette*, 1884, gr. in-4, pap. vélin, broché, couv. ill., dans un étui.

Edition illustrée par Maurice Leloir de 220 vignettes dans le texte et de 12 planches en photogravure, tirées hors texte.

1894. **Storia medica** del cholèra indiano osservato a Parigi da Agostino Cappello e da Achille Lupi colà inviati dal sommo Pontefice Gregorio XVI, nell'anno 1832. *Roma, per la Stamperia camerale*, 1833. 1 vol. — Risultamenti degli studii fatti a Parigi sul cholèra-morbus per ordine di Sua Santità Papa Gregorio XVI, da Domenico Meli. *Roma*, 1833, 1 vol., fig. en couleurs. — Statistica di coloro che furono presi dal cholera asiatico in Roma, nell'anno 1837... *Roma*, 1838, 1 vol. — Ens. 3 vol. in-4, mar. rouge à long grain, dos orné, fil., dem. dor. et à froid, ornem. dorés sur les plats, armoiries au centre, tr. dor. (*Rel. de l'époque*).

Exemplaires sur papier vélin, *aux armes du cardinal GAMBERINI*.

1895. **Strannik** (Ivan) (Mme Anitchkoff). L'Appel de l'eau, roman. *Paris, Mercure de France*, 1901, in-12, chag. lilas, grande composition en cuir incisé et teinté encastrée sur le plat supérieur avec enc. de fil. dor., doubl. et gardes de soie marb., bord. dor. int., tr. dor., couv. cons.

Edition originale. — Curieuse reliure.

1896. **Straparole**. Les Facétieuses Nuits, traduites par J. Louveau et P. de Larivey, publiées avec une préface et des notes par G. Brunet.. — Quatorze dessins de J. Garnier, gravés à l'eau-forte par Champollion. *Paris, Librairie des Bibliophiles*, 1882, 4 vol. in-8, cart. bradel cuir japonais gaufré et teinté, tête rouge, non rog., couv. cons. (*Henry-Joseph*).

De la *Petite Bibliothèque artistique*.
Un des 170 exemplaires num. sur papier de Hollande, contenant les gravures avec la lettre.

1897. **Sully-Prudhomme**. Les Epreuves, 1 vol. — Les Solitudes, 1 vol. — Lucrèce. De la Nature des choses. Premier livre, traduit en vers et précédé d'une préface par Sully Prudhomme, 1 vol. — Les Vaines tendresses, 1 vol. — La Justice, 1 vol. — Le Prisme, 1 vol. — Le Bonheur, 1 vol. — Testament poétique, 1 vol. — Réflexions sur l'art des vers, 1 vol. *Paris, Lemerre*, 1866-1901, ens. 9 vol. in-12, cart. bradel chag. La Vallière foncé, dos orné en long, plaque de laque japonaise encastrée dans chaque plat avec fil. dor. et au pointillé, tr. dor., couv. cons. (*Henry-Joseph*).

Editions originales.
Envoi d'auteur sur le faux-titre du *Testament poétique*. (Le dernier vol. est non rog.).

1898. **Sully-Prudhomme**. Que sais-je ? examen de conscience. — Sur l'origine de la vie terrestre. *Paris, Lemerre*, 1896, in-12, mar. grenat foncé à long grain, dent. int., tête dor., non rog., couv. cons. (*Henry-Joseph*).

Edition originale.
Exemplaire sur grand papier alfa, portant, sur le faux-titre, un envoi autographe signé de l'auteur.

1899. **Swift.** Voyages de Gulliver. *Paris, (chez Le Clère)*, 1860, 2 tom. en 4 vol. pet. in-12, demi-rel. mar. vert jans., avec coins, tête dor., non rog. (*Alló*).

Réimpression à 150 exemplaires num. sur papier vergé, faite pour utiliser un petit lot de collections des 10 charmantes vignettes de Lefebvre, gravées par Masquelier, qui ornent l'édition de 1797 : ces vignettes ne sont donc pas réimprimées.

1900. **Tahureau** (Jacques). Poésies, publiées par Prosper Blanchemain. I. Premières poésies. — II. Sonnets, odes et mignardises. *Paris, Librairie des Bibliophiles*, 1870, 2 vol. in-16, mar. bleu, dos orné, fil. sur les plats, dent. int., non rog. (*Masson-Debonnelle*).

Fait partie du *Cabinet du Bibliophile*.
Un des 3 exemplaires num. sur parchemin.

1901. **Tailhade** (Laurent). Au Pays du Mufle, ballades et quatorzains. — Préface d'Armand Silvestre. *Paris, Vanier*, 1891, in-16 carré, cart. bradel soie brochée, tête dor., non rog., couv. cons.

Edition originale.
Un des 25 exemplaires tirés sur papier du Japon, portant sur le faux-titre, un envoi autographe signé de l'auteur.

1902. **Tailhade** (Laurent). Imbéciles et Gredins (1895-1900). *Paris, Maison d'Art*, 1900, pet. in-8 carré, cart. bradel chag. brun, fil., plaque de laque japonaise encastrée dans chaque plat avec enc. dor., tête dor., non rog., couv. cons. (*Henry-Joseph*).

Edition originale.
Un des 15 exemplaires num. sur papier de Hollande.

1903. **Tailhade** (Laurent). Poèmes élégiaques. — Le Jardin des rêves. — Epigrammes. — Nocturnes. — Rêve antique. — Six ballades élégiaques. — La Forêt. — Vitraux. — Poèmes en prose. *Paris, Mercure de France*, 1907, in-12, portr., broché, couv. imp.

Un des 12 exemplaires num. sur papier de Hollande.

1904. **Tailhade** (Laurent). Vitraux. *Paris, Vanier*, 1891, in-8 carré, cart. bradel chag. brun, plaque de laque japonaise encastrée dans chaque plat avec enc. de fil. dor., tête dor., non rog., couv. cons. (*Henry-Joseph*).

Edition originale, tirée à 500 exemplaires num. sur papier de Hollande, portant, sur le faux-titre, un envoi autographe signé de l'auteur

1905. **Taine** (H.). Essai sur les fables de La Fontaine. — Thèse pour le doctorat ès-lettres présentée à la Faculté de Paris. *Paris, Veuve Joubert*, 1853, in-8, demi-rel. chag. La Vallière avec coins, dos sans nerfs orné en long, tête dor., non rog., couv. cons. (*Henry-Joseph*).

Edition originale. Rare. (La couv., frottée et raccommodée, a été doublée ; petite tache dans la marge des 3 premiers ff.).

1906. — *Le même ouvrage*. Deuxième édition. *Ibid., id.*, 1853, in-8, demi-rel. veau gris, fil. au dos, tr. jasp. (*Rel. de l'époque*).

1907. **Taine** (H.). Voyage aux eaux des Pyrénées. *Paris, Hachette*, 1855, in-12, demi-rel. veau vert, dos orné, tête dor., non rog., couv. cons.

Edition originale illustrée de 65 vignettes gravées sur bois ,dessinées par Gustave Doré et intercalées dans le texte. Rare. — Exemplaire lavé et encollé. (La rel. est défraîchie).

1908. **Tastu** (Mme Amable). Poésies. 4e édition. *Paris, A. Dupont*, 1827, in-16, front. et vig., mar. violet, dos sans nerfs orné or et à froid, plats entièrement gaufrés à froid enc. d'un fil. dor., bord. dor. int., tr. dor. (*Bradel*). — Poésies nouvelles. *Id., Denain et Delamare*, 1835, in-16, même genre de rel. en chag. violet par *Henry-Joseph*.

Le dernier ouvrage est en édition originale.
Jolie et fraîche reliure de Bradel.

1909. **Tennyson** (Alfred). Enide, poème, traduit de l'anglais par Francisque-Michel, avec neuf gravures sur acier d'après les dessins de Gustave Doré. *Paris, Hachette*, 1869, in-fol., perc. rouge, fers spéciaux, non rog. (*Rel. de l'éditeur*).

Premier tirage.

1910. **Theuriet** (André). Les Œillets de Kerlaz. — Edition originale, illustrée de 4 eaux-fortes originales de Rudaux et de 8 en-têtes et culs-de-lampe de Giacomelli, gravés à l'eau-forte par T. de Mare. *Paris, L. Conquet*, 1885, in-16, mar. havane, dos orné, fil. sur les plats, dent. int., tête dor., non rog., couv. cons. (*Pouillet*).

Un des 100 exemplaires num. sur papier du Japon contenant les eaux-fortes en double épreuve : en tirage à part et dans le texte.

1911. **Tillier** (Claude). Mon Oncle Benjamin. — Nouvelle édition, illustrée d'un portrait-frontispice et de 42 dessins de Sahib, gravés sur bois par Prunaire, avec une préface par Monselet. *Paris, L. Conquet*, 1881, 2 vol. in-8, demi-rel. mar. rouge jans. avec coins, tête dor., non rog., couv. cons.

Edition, tirée à 700 exemplaires num. — Un des 500 sur papier vélin teinté.

1912. **Tinan** (Jean de). Aimienne, ou le détournement de mineure, roman. — Portrait de l'auteur d'après une lithographie d'Henry Bataille ; couverture en lithographie de Maxime Dethomas. *Paris, Mercure de France*, 1899, in-12, broché, couv. ill.

Edition originale.

1913. **Tolstoï** (Comte Léon). La Guerre et la Paix. Roman historique traduit avec l'autorisation de l'auteur par une Russe. *Paris, Hachette*, 1884, 3 vol. in-12, cart. bradel chag. brun, dos orné en long, plaque de laque japonaise encastrée dans chaque plat, avec fil. et bord. dor., tête dor., non rog., couv. cons. (*Henry-Joseph*).

Edition originale de cette traduction.

1914. **Tolstoï** (Comte Léon). Résurrection. Traduit du russe par Téodor de Wyzewa. *Paris, Perrin*, 1900, 3 part. en 2 vol. in-12, cart. bradel chag. brun, dos orné en long, plaque de laque japonaise encastrée dans chaque plat avec fil. et bord., tête dor., non rog., couv. cons. (*Henry-Joseph*).

Edition originale de cette traduction.

1915. **Topffer** (R.). La Bibliothèque de mon oncle. Seconde édition. *Genève, imp. Vignier*, 1833, plaq. in-8, demi-rel. mar. grenat à long grain avec coins, dos orné en long genre romantique, tête dor., non rog., couv. cons. (*Randeynes*).

1916. **Topffer** (R.). Voyages en zigzag ou excursions d'un pensionnat en vacances dans les cantons suisses et sur le revers italien des Alpes, par R. Topffer. Illustrés d'après les dessins de l'auteur et ornés de 15 grands dessins par M. Calame. *Paris, Dubochet*, 1844, gr. in-8, demi-rel. chag. violet, dos orné, tr. jasp. (*Rel. de l'époque*).

Premier tirage. — Exemplaire bien complet, (Qq. rousseurs).

1917. **Tourneux** (Maurice). Théophile Gautier. — Sa biographie ornée d'une eau-forte par M. H. Valentin, d'après le portrait de Théophile Gautier peint par lui-même en tenue des représentations de Hernani (1830). *Paris, Baur*, 1876, plaq. in-8, cart. bradel perc. blanche, non rog., couv. cons.

Édition originale, tirée à 100 exemplaires sur papier de Hollande seulement et ornée de la reproduction du portrait de Théophile Gautier dit *au gilet rouge*, peint par lui-même et gravé à l'eau-forte par H. Valentin.

1918. **Twain** (Mark). Exploits de Tom Sawyer, détective et autres nouvelles. Traduits par François de Gail. *Paris, Mercure de France*, 1904, in-12, broché, couv. imp.

Édition originale.
Un des 7 exemplaires num. sur papier de Hollande.

1919. **Types de Paris** (Les). Texte par Edmond de Goncourt, Alphonse Daudet, Émile Zola, Antonin Proust, Robert de Bonnières, Paul Bourget, J.-H. Huysmans, Gustave Geoffroy, Stéphane Mallarmé, L. Mullem, J. Ajalbert, L. de Fourcaud, Félicien Champsaur, Octave Mirbeau, Henry Céard, J.-H. Rosny, Roger Marx, Paul Bonnetain, Jean Richepin. — Dessins de Jean-François Raffaëlli. *Paris, Plon et Nourrit, s. d.*, in-4 carré, soie cerise, fers spéciaux, tête dor., non rog. (*Cart. de l'éditeur*).

Premier tirage. — Très nombreuses compositions de Raffaëlli, dans le texte et hors texte. (Le cartonnage est défraichi).

1920. **Uzanne** (Octave). L'art dans la Décoration extérieure des livres en France et à l'étranger. Les couvertures illustrées. Les cartonnages d'éditeurs. La reliure d'art, par Octave Uzanne. *Paris, L. Henry May*, 1898, gr. in-8, cart. bradel perc. brune, couv. ill. collée sur les plats, non rog. (*Cart. de l'éditeur*).

Ouvrage illustré de 350 reproductions, dont 130 hors texte en phototypie et en typographie de différents tons. Frontispice en deux tons par Richard Vallace. Titres, ornements, têtes de chapitres et culs-de-lampe de Léon Rudnicki. Couverture en couleurs par Louis Rhead.

1921. **Uzanne** (Octave). L'Eventail, par Octave Uzanne. Illustrations de Paul Avril. *Paris, Quantin*, 1882. — L'Ombrelle, le Gant, le Manchon, par Octave Uzanne. Illustrations de Paul Avril. *Paris, Quantin*, 1883. — Ens. 2 vol. gr. in-8, brochés, couv. ill., dans des emboîtages satin, étui.

Ces deux volumes contiennent ensemble 160 illustrations de Paul Avril, reproduites sur cuivre et tirées en couleurs, encadrant ou épousant le texte.

1922. **Uzanne** (Octave). *La Femme à Paris*. — Nos Contemporaines. — Notes successives sur les Parisiennes de ce temps dans leurs divers Milieux, Etats et Conditions, par Octave Uzanne. — Illustrations de Pierre Vidal. *Paris, Ancienne Maison Quantin*, in-8, broché, couv. ill.

Premier tirage. — Exemplaire renfermé dans l'emboîtage en soie rose pâle avec large encadrement brodé à la main. — Portrait d'Oct. Uzanne, gravé à l'eau-forte par Gaujean, ajouté.

1923. **Uzanne** (Octave). La Panacée du capitaine Hauteroche. — Illustrations hors texte par Eugène Courboin. *Paris, Floury*, 1900, in-18 carré, cart. bradel mar. rouge, fleuron au dos,, dent. int., tr. dor. sur fausses marges, couv. cons.

Un des 20 exemplaires num. sur papier du Japon, contenant les illustrations en double épreuve, sur Japon et sur vélin.

1924. **Uzanne** (Octave). Le Paroissien du Célibataire. — Observations physiologiques et morales sur l'état du célibat, par O. Uzanne. — Illustrations de Albert Lynch, gravées à l'eau-forte par E. Gaujean. *Paris, Ancienne Maison Quantin*, 1890, in-8, pap. vergé, broché, couv. imp.

Orné de 1 frontispice, 1 vignette sur le titre, 10 en-têtes de chapitres par Albert Lynch, gravés à l'eau-forte par Gaujean.

1925. **Uzanne** (Octave). Son Altesse la Femme. — Illustrations de H. Gervex, J.-A. Gonzalès, L. Kratké, Albert Lynch, Adrien Moreau et Félicien Rops. *Paris, Quantin*, 1885, gr. in-8, broché, couv. ill.

Ouvrage illustré de 1 fleuron sur le titre, 10 en-têtes gravés en noir ou en couleurs et 10 grandes compositions, dont 3 par Félicien Rops, les autres par Gervex, Albert Lynch, Adrien Moreau, etc., gravées à l'eau-forte en couleurs et tirées hors texte.

Exemplaire renfermé dans l'emboîtage en papier japonais doré, avec attaches de satin bleu foncé.

1926. **Uzanne** (Octave). et A. **Robida**. Contes pour les Bibliophiles. — Nombreuses illustrations dans le texte et hors texte. *Paris, Librairies-Imprimeries réunies*, 1895, gr. in-8, pap. vélin., cart. bradel demi-perc. rose avec coins, tête dor., non rog., couv. cons. (*Henry-Joseph*).

Premier tirage. — L'illustration de cet amusant ouvrage comprend plus de 170 vignettes en noir, dans le texte, et 18 planches hors texte, en noir et en couleurs.

1927. **Vallès** (Jules). Jacques Vingtras. — L'Enfant. *Paris, Quantin*, 1884, gr. in-8, broché, couv. imp.

Edition illustrée de 12 eaux fortes originales de P. Renouard.
Exemplaire sur papier vergé teinté.

1928. **Vallès** (Jules). Jacques Vingtras. — L'Insurgé (1871). *Paris, Charpentier*, 1886, in-12, portr., broché, couv. imp.

Edition originale.

1929. **Vandal** (Albert). Le pacha Bonneval. *Paris*, 1885, pet. in-8, mar. fauve, grande composition avec caractères arabes, estampée à froid sur les plats, non rog., couv. cons.

Edition originale.
Un des 44 exemplaires num. sur papier de Hollande.

1930. **Veber's** (Les). — Les Veber's. — Les Veber's. *Paris, E. Testard*, 1895, gr. in-8, mar. brun, dos sans nerfs orné en long, plade laque japonaise encastrée dans chaque plat avec enc. de fil. dor., non rog., couv. cons (*Henry-Joseph*).

Texte humoristique de Pierre Veber, orné de 350 illustrations de Jean Veber.
Un des 25 exemplaires num. sur papier du Japon.

1931. **Verhaeren** (Emile). 1883-1896. — Pour les amis du Poète. (*Bruxelles, E. Deman*, 1896), plaq. in-8, portr., brochée, couv. imp.

Choix de poésies d'Emile Verhaeren, tiré à petit nombre sur papier vergé et décoré d'ornements par Fernand Khnopff et Théo Van Rysselberghe.

1932. **Verhaeren** (Emile). Les Rythmes souverains, poèmes. *Paris, Mercure de France*, 1910, in-8, veau fauve, dos orné, bord. d'orn. gaufrés à froid encadrant les plats, dent. int. or et à froid, tr. dor., couv. cons. (*Weckesser*).

Edition originale.
Un des 100 exemplaires num. tirés spécialement sur papier du Japon pour la *Société des Bibliophiles et Iconophiles de Belgique*. — Jolie reliure de Weckesser.

1933. **Verlaine** (Paul). Amour. *Paris, Vanier*, 1888, in-12, cart. bradel demi-perc. fant. avec coins, tête jasp., non rog., couv. cons.

Edition originale.

1934. **Verlaine** (Paul). Bonheur. *Paris, Vanier*, 1891, in-12, cart. bradel, demi-perc. fant. avec coins, tête jasp., non rog., couv. cons. (*Pierson*).

Edition originale. — On a relié au début du vol. l'article d'Anatole France paru dans la *Vie Littéraire*, extrait du journal « Le Temps » et monté au format du livre.

1935. **Verlaine** (Paul). La Bonne Chanson. *Paris, Lemerre*, 1870, 1 plaq. — Romances sans paroles. — Ariettes oubliées. Paysages belges. Birds in the Night. Aquarelles. Edition nouvelle. *Id., Vanier*, 1887, 1 plaq., pap. vergé, portr. — Fêtes galantes. *Ibid., id.*, 1886, 1 plaq., pap. vergé. — Ens. 3 ouvr. en 1 vol. in-18, cart. bradel demi-perc. fant., tête jasp., non rog., couv. cons. à chaque ouvrage.

Edition originale de la *Bonne Chanson*.

1936. **Verlaine** (Paul). Chair (dernières poésies). *Paris, Bibliothèque Artistique et Littéraire*, 1896, plaq. pet. in-8 carré, cart. bradel demi-perc. crème avec coins, tête jasp., non rog., couv. cons. (*Henry-Joseph*).

Edition originale, ornée d'un frontispice inédit de Félicien Rops.

1937. **Verlaine** (Paul). Chansons pour Elle. *Paris, Vanier*, 1891, in-12, cart. bradel bas. rouge, tête dor., non rog, couv. cons. (*Henry-Joseph*).

Edition originale. Rare. — Exemplaire sur papier vergé.

1938. **Verlaine** (Paul). Choix de poésies, avec un portrait de l'auteur par Eugène Carrière. — Premier mille. *Paris, Charpentier*,

1891, in-12, cart. bradel demi-chag. brun, dos orné en long, plaque de laque japonaise encastrée dans chaque plat avec fil. et enc. dor., tête dor., non rog., couv. cons. (*Henry-Joseph*).

Edition originale. — Bel exemplaire.

1939. **Verlaine** (Paul). Confessions, notes autobiographiques. — Portrait par Anquetin. *Paris, Publications du « Fin de Siècle »*, 1895, in-12, cart. bradel demi-perc. verte avec coins, tête jasp., non rog., couv. cons. (*Henry-Joseph*).

Edition originale.

1940. **Verlaine** (Paul). Dédicaces. — Dessins de D.-F. Cazals, gravés par Maurice Baud. *Paris, Bibliothèque Artistique*, 1890, in-18, broché, couv. imp.

Edition originale, publiée par souscription et non mise dans le commerce, illustrée d'un portrait de Verlaine, gravé sur bois par Maurice Baud, d'après un dessin de A.-F. Cazals.

Un des 50 exemplaires num. sur papier vergé, contenant le portrait avant la lettre, sur Japon et portant sur le feuillet de justification un envoi autographe signé de l'auteur. (Le nom du destinataire a été gratté).

1941. **Verlaine** (Paul). Elégies. *Paris, Vanier*, 1893, in-12, broché, couv. imp.

Edition originale. — Bel exemplaire.

1942. **Verlaine** (Paul). Epigrammes. (Frontispice de F.-A. Cazals). *Paris, Bibliothèque Artistique et Littéraire*, 1894, in-12 carré, cart. bradel, demi-perc. ocre avec coins, tête jasp., non rog., couv. cons. (*Henry-Joseph*).

Edition originale. — Bel exemplaire.

1943. **Verlaine** (Paul). Invectives. *Paris, Vanier*, 1896, in-12, cart. bradel demi-perc. crème avec coins, tête jasp., non rog., couv. cons. (*Henry-Joseph*).

Edition originale.

1944. **Verlaine** (Paul). Jadis et naguère. Poésies. *Paris, Vanier*, 1885, in-12, cart. bradel demi-perc. fant. avec coins, non rog., couv. cons. (*Pierson*).

Edition originale. Rare. — Bel exemplaire.

1945. **Verlaine** (Paul). Liturgies intimes. *Paris, Léon Vanier*, 1893, in-12, cart. bradel demi-perc. ocre avec coins, tête jasp., non rog., couv. cons. (*Henry-Joseph*).

Edition en partie originale.

1946. **Verlaine** (Paul). Louise Leclercq. — Le Poteau. — Pierre Duchâtelet. — Madame Aubin (un acte). *Paris, Vanier*, 1886, in-12, cart. bradel demi-perc. ocre avec coins, tête jasp., non rog., couv. cons. (*Henry-Joseph*).

Edition originale.

1947. **Verlaine** (Paul). Mémoires d'un veuf. *Paris, Vanier*, 1886, in-12, cart. bradel demi-perc. gris perle avec coins, tête jasp., non rog., couv. cons.

Edition originale.

1948. **Verlaine** (Paul). Mes hôpitaux. *Paris, Vanier*, 1891, in-12, portr., cart. bradel demi-perc. ocre avec coins, tête jasp., non rog., couv. cons. (*Henry-Joseph*).

Edition originale.
Bel exemplaire auquel on a ajouté une lettre autographe signée de l'auteur.

1949. **Verlaine** (Paul). Mes Prisons. *Paris, Vanier*, 1893, in-12, cart. bradel demi-perc. grise avec coins, tête jasp., non rog., couv. cons. (*Henry-Joseph*).

Edition originale.

1950. **Verlaine** (Paul). Odes en son honneur. *Paris, Vanier*, 1893, in-12, cart. bradel demi-perc. bleue avec coins, tête jasp., non rog., couv. cons. (*Henry-Joseph*).

Edition originale. — Bel exemplaire.

1951. **Verlaine** (Paul). Parallèlement. *Paris, Vanier*, 1889, in-12, cart. bradel demi-perc. fant. avec coins, tête jasp., non rog., couv. cons. (*Pierson*).

Edition originale. — Bel exemplaire.

1952. **Verlaine** (Paul). Poèmes saturniens. *Paris, Lemerre*, 1866, in-12, cart. bradel demi-perc. fant., tête jasp., non rog., couv. cons. (*Pierson*).

Edition originale. Rare.

1953. **Verlaine** (Paul). Les Poètes maudits [Tristan Corbière. Arthur Rimbaud. Stéphane Mallarmé. Marceline Desbordes-Valmore. Villiers de l'Isle-Adam. Pauvre Lélian]. *Paris, Léon Vanier*, 1888, in-12, cart. bradel demi-perc. brune avec coins, non rog., couv. cons. (*Pierson*).

Édition ornée de 6 portraits par Luque.

1954. **Verlaine** (Paul). Quinze jours en Hollande. — Lettres à un ami. Avec un portrait de l'auteur par Ph. Zilcken. *La Haye et Paris, Vanier, s. d.*, in-8 carré, broché, couv. imp.

Edition originale, ornée d'un portrait en héliogravure sur cuivre, d'après Ph. Zilcken.
Exemplaire sur papier de Hollande.

1955. **Verlaine** (Paul). Romances sans paroles. — Ariettes oubliées. Paysages belges. Birds in the night. Aquarelles. *Sens, Typographie de Maurice L'Hermite*, 1874, in-12, cart. bradel demi-perc. grise avec coins, tête jasp., non rog., couv. cons. (*Henry-Joseph*).

Edition originale. Très rare. — Bel exemplaire.

1956. **Verlaine** (Paul). Sagesse. *Paris, Société générale de librairie catholique, anc. maison Victor Palmé*, 1881, in-8, cart. bradel demi-percal. fant. avec coins, tête jasp., non rog., couv. cons.

Edition originale. Rare. — Bel exemplaire.

1957. **Verlaine** (Ouvrages relatifs à Paul). Réunion de 4 vols et un cart.

I. Ch. Donos. Verlaine intime. *Paris, Vanier*, 1898, in-12, broché, couv. imp. — II. Ch. Morice. Paul Verlaine. *Ibid., id.*, 1888, in-12, portr., cart. bradel demi-perc., non rog., couv. cons. — III. Paul Verlaine et ses contemporains, par un témoin impartial. *Id., Bibl. de l'Association*, 1897, pet. in-8 carré, portr., broché, couv. imp. — IV. Félix Régamey. Verlaine dessinateur. *Id., Floury*, 1896, pet. in-4 carré, fig., broché, couv. imp.
Le carton renferme des n^os^ de la Plume, l'album de F.-A. Cazals sur les portraits de Verlaine et un certain nombre d'articles de journaux soigneusement montés.

1958. **Vicaire** (Gabriel). Emaux bressans. *Paris, H. Leclerc*, 1904, in-12 carré, texte encadré de fil. de coul., broché, couv. imp. —

L'Heure enchantée. *Id.*, *Lemerre*, 1890, in-12, cart. bradel demi-perc. avec coins, non rog., couv. cons. (Édition originale, lettre autographe signée de l'auteur ajoutée).

1959. **Vicaire** (Gabriel) et Henri **Beauclair**. Les Déliquescences; poèmes décadents d'Adoré Floupette, avec sa vie par Marius Tapora. *Byzance* [*Paris*] *chez Lion Vanné* [*Léon Vanier*], 1885, in-16, cart. bradel perc. fant., non rog.

Edition en partie originale. Rare. — Plusieurs articles de journaux ajoutés.

1960. **Vigny** (Alfred de). Poèmes antiques et modernes. — Œuvres complètes. — I. *Paris, Delloye, Lecou*, 1837, in-8, demi-rel. mar. violet avec coins, dos plat orné en long, non rog., couv. cons. (*Champs*).

Bel exemplaire lavé et encollé. (La couv. a été réparée).

1961. **Villey** (Pierre). Les sources et l'évolution des *Essais* de Montaigne, 2 vol. — Les livres d'histoire moderne utilisés par Montaigne, contribution à l'étude des sources des *Essais*, 1 vol. *Paris, Hachette*, 1908, 3 vol. gr. in-8, brochés, couv. imp.

1962. **Villiers de l'Isle-Adam** (A. de). Axël. *Paris, Quantin*, 1890, in-8, broché, couv. imp.

Edition originale. (Rousseurs).

1963. **Villiers de l'Isle-Adam** (A. de). Chez les Passants. *Paris, Comptoir d'Edition*, 1890, in-12, broché, couv. imp.

Edition originale, orné d'un frontispice de Félicien Rops. (La couv. est un peu abîmée).

1964. **Villiers de l'Isle-Adam** (A. de). L'Ève future. *Paris, Mᵒⁿ de Brunhoff*, 1886, in-12, broché, couv. ill.

Edition originale.

1965. **Villiers de l'Isle-Adam** (A. de). Le Nouveau-Monde (drame en cinq actes, en prose). *S. l. n. d.* (Paris, Richard et Cie, 1880), in-8, cart. bradel demi-perc. verte avec coins, non rog.

Exemplaire en bonnes feuilles de l'édition originale, sans titre, ni avant propos, réunies sous une couverture passe-partout, portant, au v° du 1er plat, *une longue et curieuse lettre autographe signée de Villiers de l'Isle-Adam à Alphonse Daudet* ; sur le 1er feuillet, l'envoi autographe suivant : « *A mon ami Alphonse Daudet, j'offre cordialement, ces premières bonnes-feuilles. — Villiers de l'Isle-Adam* ». — Billet autographe signé de Lucien Descaves, relatif à l'exemplaire, ajouté.

1966. **Villiers de l'Isle-Adam** (A. de). La Révolte, drame en un acte en prose. *Paris, Lemerre*, 1870, plaq. in-12, brochée, couv. imp. (dos cassé).

Edition originale.

1967. **Virgile**. Les Bucoliques, précédées de plusieurs idylles de Théocrite, de Bion et de Moschus, suivies de tous les passages de Théocrite que Virgile a imités, traduites en vers français par Firmin Didot. *Paris*, 1806, in-8, veau rac., dos sans nerfs orné, tr. vertes. (*Rel. anc.*).

Premier livre publié par Firmin Didot ; il renferme le premier essai des caractères imitant l'écriture anglaise que le jeune imprimeur venait de faire breveter. A la p. 263 se trouve une vignette gravée en taille-douce qui a été imprimée à la presse typographique en même temps que le texte.

1968. **Virgile**. L'Eneide di Virgilo recata in versi italiani da Annibal Caro *Roma, nella stampéria de Romanis*, 1819, 2 vol. in-fol., vélin blanc, dos sans nerfs orné, fil. et larges bord. dor. encadrant les plats, tr. jasp. (*Rel. anc.*).

Luxueuse édition, exécutée aux frais de la duchesse de Devonshire. Elle est illustrée de 8 culs de lampe et 39 grandes estampes, dont l'une dessinée par la duchesse elle-même, les autres par des artistes anglais et italiens, parmi lesqules Canova et Camuccini.

Cette édition, suivant Gamba, n'aurait été tirée qu'à 230 exemplaires ; celui-ci, sur papier vélin, serait un des 80 tirés sur ce papier. (L'inscription finale, citée par Brunet, qui devrait figurer à chaque tome, ne se trouve pas dans cet exemplaire).

1969. **Virgile**. Les Géorgiques de Virgile, traduites en vers français, avec les notes et variantes, accompagnées du texte latin, par M. l'abbé de Lille, de l'Académie française. *De l'imprimerie de la Société littéraire typographique*, 1784, gr. in-8, mar. rouge, dos sans nerfs orné, fil. sur les plats, tr. dor. (*Rel. anc.*).

Bel exemplaire, à grandes marges, portant, sur le faux-titre, la signature autographe de Jules Simon.

1970. **Vivien** (Renée). Cendres et Poussières. *Paris, Lemerre*, 1902, in-12, broché, couv. imp.

Edition originale. — Bel exemplaire.

1971. **Voyage où il vous plaira**, par Tony Johannot, Alfred de Musset et P.-J. Stahl. *Paris, J. Hetzel*, 1843, in-4, demi-rel. chag. vert foncé avec coins, tr. jasp. (*Rel. de l'époque*).

Premier tirage. — Ouvrage fantaisiste et humoristique, illustré de nombreuses vignettes dans le texte et de 63 sujets hors texte, gravés sur bois par Andrew, Best, Leloir, Brugnot, etc., d'après les dessins de Tony Johannot. (Qq. rousseurs ; la rel. est frottée).

1972. **Wolff** (Albert). Cent chefs-d'œuvre des collections parisiennes. *Paris, G. Petit, L. Baschet, s. d.*, pet. in-fol., eaux-fortes dans le texte et hors texte, entièrement monté sur onglets, demi-rel. mar. vert jans., tête dor., non rog.

Tiré à 675 exemplaires num. sur papier de Hollande.

1973. **Ymagier** (L'). *Paris*. de l'origine, octobre 1894, à décembre 1896, 8 fasc. en 2 vol. pet. in-4, cart. bradel demi-perc. crème avec coins, non rog., couv. cons.

Collection complète de cette intéressante publication, contenant un texte historique sur la xylographie, les vieilles images populaires, etc., par Rémy de Gourmont et Alfred Jarry. Elle est illustrée d'un grand nombre de reproductions de bois anciens et modernes, images d'Epinal coloriées, pliées, etc., et de bois originaux, lithographiés, etc., par A. Séguin, Jossot, E. Bernard, etc.

Exemplaire contenant les primes réservées aux souscripteurs.

1974. **Yriarte** (Charles). Goya. — Sa biographie, les fresques, les toiles, les tapisseries, les eaux-fortes et le catalogue de l'œuvre avec cinquante planches inédites d'après les copies de Tabar, Bocourt et Ch. Yriarte. *Paris, Plon*, 1867, gr. in-8, demi-rel. chag. rouge, plats toile, tr. peigne. (*Rel. de l'époque*).

Premier tirage. — Un des 100 exemplaires num. sur grand papier vélin, ayant appartenu à l'auteur ; il renferme, aux lieu et place des 25 grands bois hors texte, une épreuve avant la lettre, sur Chine, de 24 de ces figures (la 25e est tirée avec la lettre, sur le papier de l'ouvrage), plus une collection de 23 épreuves en tirage à part, sur Chine, des vignettes sur bois du texte ; la plupart de ces épreuves sont tirées au brunissoir. — Lettre autographe signée de Ch. Yriarte ajoutée.

1975. **Yriarte** (Charles). Mantegna, sa vie, sa maison, son tombeau, son œuvre dans les musées et les collections. — Ouvrage orné de 33 planches sur cuivre et 115 illustrations. *Paris, J. Rothschild*, 1901, in-4, broché, couv. imp.

Premier tirage.

1976. **Yriarte** (Charles). La vie d'un patricien de Venise au XVIe siècle d'après les papiers d'État des Frari, avec 136 gravures et 8 planches, reproductions des monuments du temps et des fresques de Paul Véronèse. *Paris, Rothschild, s. d.*, gr. in-8, demi-rel. mar. rouge jans. avec coins, tête dor., non rog., couv. cons.

Premier tirage.

1977. **Yve-Plessis** (R.). Bibliographie raisonnée de l'Argot et de la Langue verte en France du XVe au XXe siècle, par R. Yve-Plessis. — Préface de Gaston Esnault. Orné de 8 planches hors texte. *Paris, Daragon*, 1901, in-8, broché, couv. imp.

Tiré à 275 exemplaires num. — Un des 4 sur papier de Chine.

1978. **Zo d'Axa**. La Feuille. *Paris, de l'origine, 6 octobre* 1897, au 28 *mars* 1899, ens. 25 numéros en 1 plaq. in-fol., cart. bradel demi-perc. verte, non rog.

Collection complète de cette publication contenant, à chaque numéro, une grande lithographie de Steinlen.

1979. **Zola** (Emile). Les Trois Villes. — Lourdes. — Rome. — Paris. *Paris, Charpentier et Fasquelle*, 1894-1898, 3 vol. in-12, cart. bradel chag. brun, fleuron au dos, plaque de laque japonaise encastrée dans chaque plat avec enc. de fil. dor., tête dor., non rog., couv. cons. (*Henry-Joseph*).

Edition originale.
Exemplaires num. sur papier de Hollande. (La rel. est en médiocre état).

IMPRIMERIE DU CENTRE — MONTLUÇON

www.ingramcontent.com/pod-product-compliance
Ingram Content Group UK Ltd.
Pitfield, Milton Keynes, MK11 3LW, UK
UKHW031902260826
14628UKWH00002B/949